KB077737

니콜로 장편 소설

FUSION FANTASTIC STORY

ARENA

아레나
이계사냥기

아레나, 이계사냥기 3

니콜로 장편 소설

초판 1쇄 찍은 날 § 2015년 4월 9일
초판 1쇄 펴낸 날 § 2015년 4월 17일

지은이 § 니콜로
펴낸이 § 서경석

편집부장 § 권태완
편집책임 § 박은정

펴낸곳 § 도서출판 청어람
등록번호 § 제387-1999-000006호
등록일자 § 1999. 5. 31
어람번호 § 제1-2098호

주소 § 경기도 부천시 원미구 부일로 483번길 40 서경B/D 3F (우) 420-822
전화 § 032-656-4452 팩스 § 032-656-4453
http://www.chungeoram.com
E-mail § chungeorambook@daum.net

ISBN 979-11-04-90194-2 04810
ISBN 979-11-04-90152-2 (세트)

FUSION FANTASTIC STORY

니콜로 장편 소설

ARENA
아레나
이계사냥기

3

도서출판 청어람

ARENA

아레나

이계사냥기

CONTENTS

1장

성과

반나절이 지나 날이 어두워질 무렵, 사냥에 성공했다. 셰퍼드가 덤벼들어 붙잡고 늘어지는 사이, 박진성이 쏴 맞췄다.

고라니를 들쳐 업고 산장으로 돌아가는 길에 박진성 회장이 빙글빙글 웃으며 말했다.

"내일부터 이리로 출근해."

"……네?"

"여기가 좋잖아. 사람 없어서 스킬 실험하기도 좋고, 공기 좋고, 밥 챙겨주는 사람도 있고."

그 말에 나는 어안이 벙벙해졌다. 이 산골짜기로 매일 출근하라고?

"진성그룹에서 시험자들을 따로 관리하는 곳이 있지 않

아요?"

"아레나에 대한 정보를 모으는 기관만 있지. 시험자를 따로 관리하지는 않아."

"네?"

"우리가 연구하고 분석해 봐야 시험자 본인들만큼 잘 알겠어? 진성그룹이 하는 일은 연봉 주고, 마정 구매하고, 타 국가 기관으로부터 얻은 정보를 제공하는 정도야. 훈련 같은 자기 관리는 시험자들 스스로 해야지."

"그럼 훈련 시설이나 그런 것들은요?"

"훈련 설비는 다 의미가 없다던데. 한국아레나연구소 가봤지? 거기 훈련 시설에 사람 있었어?"

"……."

그러고 보니 거기서 다른 시험자가 훈련하는 모습을 본 적이 없다. 시설은 좋았는데.

"그냥 시험자 각자에게 맡기는 게 최고지. 아레나를 가본 적도 없는 사람이 이것저것 참견해 봐야 방해만 돼. 게다가 내가 고용한 시험자들은 대부분 10회차 이상 베테랑이거든."

충분히 납득이 가는 이유였다.

"자네 집에서 여기까지 멀지도 않던데. 내일부터 이리로 출근해."

"하지만 전 차도 없고……."

"왜 없어?"

박진성 회장은 대뜸 주머니에서 차키를 꺼내 건네주었다.

마치 그 말을 기다렸다는 듯한 대응이었다.

그런데 일반적인 차키가 아니었다.

"이 이게 뭐예요?"

"내가 사냥 갈 때 타고 다녔던 건데, 자네가 써."

"차를 준다고요?"

"3년 전에 뽑은 거야. 이제 몸이 이 짝 나서 못 끌고 다니니까 너 가져."

"이, 이거 로고가 포르쉐 같은데요?"

그랬다.

박진성 회장이 아무렇지 않게 던져준 물건은 포르쉐만의 특이하고 고급스러운 차키였다.

"국산차 쓰지 마. 에어백 안 터져."

음, 미래자동차 회장이 들으면 멱살잡이를 하겠지?

"저 운전할 줄 모르는데……."

"면허 있잖아?"

나 면허 있는 줄은 어떻게 아셨대? 사람 개인 정보를 뭐로 아는 거야?

"6년 전에 딴 장롱면허죠."

박진성 회장은 답답하다는 듯이 소리쳤다.

"아니, 자넨 말이야. 당최 나이 서른에 할 줄 아는 게 없어? 젊은 놈이 왜 그러고 살아?"

그렇게 대놓고 정곡을 찌르면 내가 뿔이 나잖아!

"그러게요. 회장님 목숨 살리는 것 말고는 아무것도 할 줄 모르니, 전 정말 인생을 잘못 살았나 봐요. 아, 난 왜 이렇게 무능할까!"

"아, 아니, 뭐, 그거면 됐지."

곧바로 저자세가 된 박진성 회장이었다.

"아무튼 사람 하나 남겨서 운전 가르치라고 할게. 배우고 내일부터 출근해."

"회장님은요?"

"나도 아침마다 운동 삼아 여기 올 거야. 불꽃 먹어야지. 회사 일은 어차피 자식들이 하고 있고."

최근 뉴스나 신문이나 '박진성 회장 건강 악화설'이니 '3세 경영 시작'이니 떠들고 있었다.

아마 사람들은 박진성 회장이 병원이나 집안에서 끙끙 앓으며 오늘내일하는 줄 알 것이다.

실제로는 나랑 같이 팔팔하게 사냥까지 즐기고 있는데 말이다.

심심해진 나는 농담 삼아 말을 던졌다.

"요즘 진성그룹 주가가 자이로드롭이라던데요?"

박진성 회장의 얼굴이 찌푸려졌다. 하하, 천하의 박진성 회장한테 이런 농담할 수 있는 건 나밖에 없을 거다. 나도 참 배짱이 좋아졌어.

"지레짐작 놀라서 그러는 게지. 내 아들 놈들도 아직 능력을 뚜렷하게 입증한 적 없고."

박진성 회장은 코웃음을 쳤다.

"주가 따위는 내가 돌아오면 다시 회복돼."

"그렇겠죠."

"반드시 살아서 돌아갈 거야. 아직은 내가 죽을 때가 아니야."

강한 의지가 느껴진다. 어쩐지 가슴이 뭉클해졌다.

나는 아레나에서 목숨을 건 싸움을 해야 한다. 산다는 것……. 그 당연한 것이 나에게는 당연한 게 아니다.

그런데 시험자가 아님에도 삶을 강하게 바라고 노력하는 사람이 또 있는 것이다. 남들은 다 죽는 불치병에 걸렸음에도 포기하지 않고 극복하려는 모습에서 나 역시 용기를 얻게 된다.

산장에 돌아와 잡은 고라니를 노인에게 맡겼다.

노인은 고라니를 해체해 냉동 창고에 넣어두고, 어제 잡은 멧돼지 고기로 바비큐를 해주었다. 이번엔 포도주가 아닌 막걸리와 함께였다.

병든 노인답지 않게 바비큐와 막걸리 한 사발을 장정처럼 잘도 먹는 박진성 회장. 그 모습을 보며 충성스러운 관리인 노인은 감동에 빠진 얼굴이 된다.

'확실히 생명의 불꽃이 효과가 있는 모양이구나.'

살짝 아쉬움이 들었다. 여러 개 만들 수 있으면 엄마도 줬을 텐데. 음, 이 불꽃은 뭐냐고 기겁하겠구나. 잘 때 몰래 입안에 넣어야겠지?

식사를 마친 뒤에 산장 뒤편에 주차된 두 대의 차를 보았다.

한 대는 박진성 회장이 타고 다니는 벤츠. 그리고 또 한 대는 검정색의 유려한 곡선을 가진 아름다운 SUV. 앞에 떡하니 달린 포르쉐의 로고가 인상적이었다.

"이거 포르쉐 카이엔이에요?"

"그래, 3년 된 건데 타고 다닐 만해."

타고 다닐 만한 정도가 아니었다. 잘은 모르지만 1억가량 하는 스포츠 유틸리티 차량이었다.

"정말 이걸 저 준다고요?"

"차 없다며? 어차피 난 안 타는 거야."

"정말 감사합니다."

"감사하면 운전 잘해. 교통사고로 죽거나 하지 말고."

"그렇게 허망하게 죽지는 않으니까 걱정 마세요."

"장렬하게 죽지도 마, 이놈아. 악착같이 살아남아. 그래야 나도 살 거 아냐?"

"알았다니까요."

"난 이만 가볼 테니까 운전 배워."

"예."

박진성 회장은 내 어깨를 툭툭 치고는 벤츠에 탔다. 수행원들은 그를 모시고 떠나 버렸고, 한 사람만 남았다.

"운전을 가르쳐 드리라는 지시를 받았습니다."

"예, 시작하죠."

한숨을 쉬며 나는 운전 연수를 시작했다. 키 박스가 왼쪽에 달려 있는 게 신기했는데, 시동을 걸자 부르릉— 하고 부드러운 엔진 소리가 울려 퍼졌다.

엔진 소리도, 등을 받치는 가죽시트도, 실내디자인도, 정말 예술이다.

'이게 정말 내 차라고?'

나는 들뜬 마음으로 운전을 배웠다.

운전면허 딸 적에 실기에서 세 번 떨어진 기억이 난다. 난 정말로 운전에 재능이 없었다. 그런데 이상하게도 이번에는 아주 쉽게 배웠다.

"잘하시는군요."

칭찬까지 받았다.

이게 어떻게 된 일일까? 알고 보니 사실 난 운전에 재능이 있었던 것일까?

그럴 리가. 내가 안다. 난 정말 운전을 못한다.

'운동신경이다!'

나는 비결을 알 수 있었다.

합성스킬인 운동신경 덕분이었다. 운동신경 덕에 어떻게 핸들과 브레이크를 조작해야 하는지, 그 요령이 더 쉽게 몸에 체득되는 것이었다.

요령이 파악되자 도로 주행 연습을 할 겸 남부대로를 타고 천안까지 직접 운전했다. 그리고 천안에 도착하자 우리 아파트 주차장에 주차하는 연습까지 손쉽게 마쳤다.

"면허를 이미 따서 그런지 금방 익히시는군요."

"잘 가르쳐 주신 덕분이죠."

"별말씀을. 아무튼 운전은 확실히 배우셨으니 전 이만 가보겠습니다."

"예, 그러세요."

사내를 떠나보내고 나는 한동안 주차장에서 포르쉐 카이엔을 감상하였다. 이게 내 차라니!

외제차가 문제가 아니다.

하루에 1억!

앞으로 박진성 회장에게 받을 수 있는 금액이었다.

'부자다!'

살아남을 수만 있다면.

4회차, 5회차, 6회차……. 앞으로의 시험에서 계속 살아남을 수만 있다면! 그럴 수만 있다면 남부럽지 않은 삶을 살 수 있다.

삶에 대한 의욕이 강하게 든다.

어쩌면 박진성 회장의 삶의 의지도 이런 것인지도 모른다. 많은 것을 가질수록 버리고 떠날 수 없는 미련 말이다.

'죽고 싶지 않아!'

혜수야.

준호야.

너희도 이런 기분이었을까?

살아 있었더라면 나와 함께 이 같은 것을 누릴 수 있었을 텐데. 살아만 있었더라면!

"흐흐흐……."

웃음이 나왔다. 그런데 눈물도 나온다.

미안하다.

내가 정말 미안해. 너희를 살리지 못해서 정말 미안해.

나는 주차장에서 펑펑 울었다.

＊　　　　＊　　　　＊

포르쉐 카이엔을 갖게 된 사실은 굳이 가족들에게 알리지 않았다.

하지만 그날 밤에 들통 나고 말았다.

커피와 간식거리를 들고 아양을 떨기 위해 방에 들어온 현지가 책상에 놓인 포르쉐 차키를 발견한 것이다.

"어? 오빠! 이거 포르쉐 차키잖아!"

"응? 아……."

"이거 어디서 났어? 응? 응? 어디서 났어? 이거 오빠 거야?"

"아니, 그게……."

"꺄악! 엄마! 언니! 이것 좀 봐봐!"

현지는 차키를 들고 거실로 뛰쳐나갔다. 이년아, 질문을 했으면 좀 설명할 시간도 달란 말이야!

엄마와 누나까지 우르르 내 방에 들어와 추궁을 했다.

결국 난 등산에서 구해준 진성그룹의 이사가 일자리는 물론이고 차까지 선물로 줬다는 이상한 스토리를 지어내야 했다.

"정말이야? 받으면서 이상한 계약서를 쓴 건 아니고?"

누나는 믿을 수 없다는 듯이 추궁했고, 나는 아니라고 부정했다. 결국 내일 근로계약서를 보여주기로 했다. 회장님한테 말해놔야겠군.

"이게 말이 되는 건가?"

엄마는 차키를 유심히 만지작거리며 믿을 수 없다는 듯이 중얼거렸다.

정말 불신에 걸린 집안이군. 대충 넘어가자고 좀!

오직 현지만이 들떠서 방방 뛰었다.

"오빠! 내일 나 학교 데려다 줘! 포르쉐로 데려다 줘! 포르 쉐!"

그만 머리가 지끈거린다.

그리고 다음 날 아침.

약속대로 산장으로 출근하려는데, 어느새 학교 갈 준비를 마친 현지가 잽싸게 튀어나와 따라붙었다.

"오빠~ 현지랑 같이 가야죠. 귀여운 여동생 학교 데려가주 세요."

"전철 타고 가."

"아잉, 지하철 무서워. 치한이 너무 많아."

"뭔 치한이야. 얼른 안 꺼져? 쉿쉿."

"아앙, 오빠!"

앙탈을 부리며 매달리는 현지. 정말 끈질기게 따라붙더니 주차장에 있는 검정색 포르쉐 카이엔을 보더니 꺄악 비명을 지르며 달려갔다.

레이싱 모델이라도 된 양, 보닛 위에 다리 꼬고 앉아 셀카를 찍는 등 난리도 아니었다.

스위치를 눌러 차 문을 열자 후다닥 조수석에 들어가 앉은 현지는 계속해서 셀카를 찍어댔다. 난 슬슬 내 여동생이 제정신인가 걱정되기 시작했다.

시동을 켜고 운전하는데, 옆에서 계속 현지의 스마트폰에서 알림음이 울려 퍼졌다. 그새 사진을 SNS에 올린 모양이었다.

신이 나서 메신저를 주고받는 현지.

이윽고 현지는 깔깔거리며 내게 말했다.

"오빠, 민정이가 사랑한대. 근데 오빠가 민정이 깠다며?"

"……."

"진심이래. 포기하지 않겠대, 깔깔깔! 얘 제정신 아니라니까 정말."

네 친구니까.

현지가 다니는 학교는 천안에 있어서 금방 도착했다. 현지를 받아준 지극히 너그러운 대학교에 진입한 나는 지나가던 학생들의 시선을 한 몸에 받으며 계속 나아갔다.

"오빠 땡큐! 사랑해! 출근 잘하세요. 저녁 맛있는 거 해놓을게!"

끝까지 아양을 떠는 현지였다. 내리자마자 친구들이 현지에게 몰려와 누구냐고 정말 오빠냐고 묻기 시작했다.

나는 혀를 차고는 차를 몰고 학교를 빠져나왔다.

*　　　*　　　*

산장에 도착한 나는 관리인 노인이 챙겨준 샌드위치와 우유로 아침 식사를 하고 곧장 산속으로 들어갔다.

나에게 주어진 당면 과제는 습득한 모든 스킬을 테스트해 보고 적합한 싸움법을 확립하는 것.

남은 150카르마를 어떻게 써야 할지도 스킬을 모두 테스트해 보고 결정할 생각이었다.

"석판 소환."

석판이 눈앞에 나타났다.

"내가 습득한 모든 스킬을 보여줘."

그러자 석판의 글씨가 변하며 내가 가진 스킬들이 쭉 나열되었다.

—습득한 모든 스킬을 보여줍니다.
—메인스킬: 정령술(초급 1레벨)
—보조스킬: 체력보정(초급 5레벨), 길잡이(초급 1레벨)
—특수스킬: 스킬합성
—합성스킬: 바람의 가호(초급 1레벨), 불꽃의 가호(초급 1레벨), 운동신경(초급 1레벨), 생명의 불꽃(초급 1레벨)

스킬합성 덕분에 내가 가진 스킬이 상당히 많아졌다. 하나같이 유용했고, 쓸데없는 스킬이 하나도 없었기에 뿌듯해졌다.

"이 중에서 150카르마로 레벨을 올릴 수 있는 스킬을 보여 줘."

―15ㅁ카르마로 레벨을 올릴 수 있는 스킬을 보여줍니다.
―보조스킬: 길잡이(초급 1레벨)
―합성스킬: 바람의 가호(초급 1레벨), 불꽃의 가호(초급 1레벨), 운동신경(초급 1레벨), 생명의 불꽃(초급 1레벨)

모두 초급 1레벨짜리 스킬이었다. 이 중에서 어떤 걸 2레벨로 올려야 할지 나는 고민에 빠졌다.

우선 길잡이는 제외. 이건 더 올려 봐야 카르마 낭비였다.

생명의 불꽃도 제외다. 지금 생명의 불꽃의 레벨을 올려봐야 박진성 회장에게만 도움이 될 뿐, 나에겐 아무런 이득도 되지 않는다.

'그럼 바람의 가호, 불꽃의 가호, 운동신경 셋 중 하나구나. 일단 스킬을 써보고 결정해야겠다.'

가볍게 실전으로 스킬들을 테스트해 보기로 했다.

"실프."

―냥.

늘씬한 고양이가 나타나 사뿐히 내 어깨에 앉는다.

"멧돼지를 찾아봐 줄래?"

―냐앙.

실프는 곧장 쏜살같이 날아갔다.

싸움 상대로는 멧돼지로 정했다. 사나운 멧돼지 말고는 싸우려 드는 산짐승이 달리 없으니 말이다.

잠시 후에 돌아온 실프가 오른쪽을 가리켰다. 실프의 안내를 받으며 가볍게 달리기 시작했다.

"바람의 가호."

스킬을 시전했다.

그러자 놀라운 일이 벌어졌다.

파앗!

"엇?!"

땅을 디딜 때마다 발에서 바람이 쏘아져 나가 내 몸을 살짝 띄웠다. 표현 그대로 바람을 타고 달린다는 기분이었다.

사뿐사뿐, 바람에 의하여 몸이 공중에 띄워진다.

처음에는 균형 잡기가 쉽지 않았지만, 운동신경 스킬 덕분인지 금세 요령을 터득했다.

'속력을 내보자!'

힘껏 땅을 박차자, 발에서 발출되는 풍압도 강해졌다.

파아앗!

2미터가량을 껑충 점프했다.

"하하하!"

나는 엄청난 점프력을 바탕으로 큰 보복으로 달렸다. 껑충껑충 뛰며 굉장히 빠른 속도로 질주했다.

어찌나 빠르게 달렸던지 30초도 지나지 않아서 실프가 발견한 멧돼지에게 도달했다.

"차앗!"

기합과 함께 있는 힘껏 땅을 박차고 뛰어올랐다.

최대 점프 높이는 4미터였다.

날듯이 도약한 나는 멧돼지의 눈앞에 착지했다.

"춰익?!"

멧돼지가 화들짝 놀라서 주춤주춤 물러섰다. 그러나 이내 콧김을 씩씩 내뿜으며 싸울 태세를 갖췄다.

물론 나는 걱정하지 않았다.

체력보정 초급 5레벨이라 멧돼지의 돌격을 감당할 수 있는 강인한 육체와 순발력이 있었다.

나는 멧돼지를 향해 레프트 잽을 날렸다.

퍼엉!

"꽥!"

내 주먹에서 바람이 쏘아져 나가 멧돼지의 안면에 적중되었다.

'이런 식으로 싸울 수 있겠구나.'

몇 차례 잽으로 멧돼지를 계속 공격했다. 그때마다 권풍(拳風)이 멧돼지의 얼굴을 후려쳤다.

하지만 권풍의 위력 자체는 그다지 위력적이지 않았다. 멧돼지는 이내 권풍을 맞아가며 거칠게 돌진해 왔다.

있는 힘껏 주먹을 뻗어 보았지만 온 힘을 다한 권풍도 멧돼지의 돌진을 세우지 못했다.

"쳇!"

나는 사뿐히 왼쪽으로 스텝을 밟았다. 투우사처럼 돌진을 피하면서 라이트 잽으로 권풍을 날려서 견제를 했다.

바람의 가호로 펼칠 수 있는 가장 좋은 싸움 형태는 아웃복싱이었다.

하지만 더 정확히 말하자면, 피하는 데 유리할 뿐이지 공격력 자체는 그다지 크지 않았다.

'초급 1레벨이라서 그런가? 그럼 불꽃의 가호도 위력 자체는 그리 크지 않겠구나.'

주먹에서 불꽃이 쏘아진데도 멧돼지를 통구이로 만들 만한 위력은 나오지 않을 것 같았다. 하긴 초급 1레벨인데 너무 많은 걸 바라면 안 되겠지.

'어라? 가만……'

순간 뇌리에 어떤 생각이 스쳤다.

'불과 바람이 합쳐지면 위력이 더 강해지지 않을까?'

나는 곧장 실행에 옮겼다.

"불꽃의 가호!"

그리고 멧돼지에게 힘껏 주먹을 뻗었다. 주먹에서 권풍과 불꽃이 동시에 튀어나왔다.

퍼엉—!

"꽤액!"

멧돼지가 비명을 지르며 물러났다.

내 예상이 옳았다. 불꽃과 바람의 결합은 곧 폭발이었다.

폭발의 여파로 멧돼지의 얼굴 한쪽의 털이 살짝 그을려 있었다. 가벼운 화상 수준이었다.

'그래도 바람의 가호와 불꽃의 가호를 함께 쓰니까 위협할 만한 위력이 나오긴 하는구나.'

그냥 권풍만 쏠 때는 멧돼지가 몇 대 맞아 보더니 전혀 겁내지 않았다.

하지만 불꽃이 바람을 타고 폭발하니 멧돼지도 뜨거워서 무서워했다.

퍼엉! 퍼어엉!

"꽥!"

멧돼지는 괴로워하며 연신 물러섰다. 하지만 결정타는 되지 못했다.

'역시 직접 때려야 타격을 줄 수 있을 것 같네.'

내 육체는 체력보정 초급 5레벨로, 인체의 한계 수준이었다. 이 파워로 직접 때리는 편이 차라리 더 위력적일 터였다.

하지만 직접 타격하려 하니 또 다른 문제에 봉착했다.

때리기가 어려웠다.

상대가 사람이 아닌 멧돼지라 자세가 너무 낮아 공격하기가 여의치 않았다.

주먹이 아니라 발차기를 써야 했는데 그것도 쉽지 않았다.

가까이 접근하자 멧돼지가 돌진해 온다.

거세게 달려오는 멧돼지에게 정면으로 발차기를 날렸다가는 내가 당할 지경이었다.

나는 살짝 옆으로 피한 뒤, 멧돼지의 옆구리에 발차기를 빠르게 날렸다.

퍼어엉!

발차기가 적중됨과 동시에 바람과 불꽃으로 인한 폭발까지 가미되었다.

"꽥!"

멧돼지는 주춤주춤 물러섰다.

'빗맞았어!'

제대로 차지 못했다. 자세가 어정쩡한 탓이었다.

그도 그럴 것이, 별다른 격투기를 배우지 않은 나한테 그런 요령이 있을 리가 없었다.

'요령?'

나는 비로소 150카르마를 어떻게 써야 하는지 깨달았다.

"석판 소환!"

멧돼지와 대치하는 중에 나는 석판을 소환해서 소리쳤다.

"카르마 보상, 운동신경의 레벨을 올리겠어!"

그러자 석판의 글씨가 변한 게 보였다.

─운동신경(합성스킬)의 레벨이 올랐습니다.

─운동신경(합성스킬) : 몸을 움직이는 요령이 향상됩니다.

＊초급 2레벨

─잔여 카르마 : ㅁ

'됐다!'

나는 다시 멧돼지의 돌진을 피했다. 그리고 아까와 마찬가지로 놈의 옆구리에 옆차기를 날렸다.

뻐어억!

퍼어엉!

"꽤애애액!"

멧돼지의 구슬픈 비명 소리!

이번에는 제대로 들어갔다. 운동신경의 향상과 함께 몸놀림이 더 능숙해진 덕분이었다.

멧돼지가 비틀대는 틈을 타 나는 날렵하게 놈의 얼굴을 다시 한 번 걷어찼다.

태권도 시합과 비슷한 스타일이었다. 일정 거리를 유지하며 발차기로 멧돼지를 공략했다.

멧돼지가 화상으로 너덜너덜해졌을 때쯤, 바람의 가호의 효과가 끝났다.

'그새 15분이 지났구나.'

바람의 가호가 사라지자 발차기에서 불꽃만 나왔다.

화르륵!

폭발이 일어나지 않으니 위력도 한층 낮았다.

하지만 멧돼지는 이미 많은 타격을 입고 기진맥진해 있었다. 왠지 동물학대 같아서 안쓰러워진다. 나는 이만 마무리를 짓기로 했다.

"실프, 끝내."

—냥!

마무리는 바람의 칼날이었다.

맨손 격투의 단점이었다. 멧돼지처럼 맷집이 좋은 적을 상대로 맨손으로는 숨통을 끊을 만한 살상력을 내기 힘들었다.

'맨손격투는 방어 위주로 해야겠구나. 내가 맞서 싸우며 버티면 멀리서 실프가 저격하는 방식이 좋겠어.'

목이 베인 멧돼지는 풀썩 쓰러져 숨을 거두었다.

싸움이 끝나니 때마침 스마트폰에 진동이 왔다.

[박진성 회장님: 어디야?]

[나: 지금 막 멧돼지를 잡은 참입니다]

[박진성 회장님: 그래? 그럼 가지고 와]

그런데 이 영감님, 나이치고는 문자 보내는 속도가 빠르다. 스마트폰 만드는 IT기업의 오너라서 그런가?

나는 멧돼지를 들쳐 업고 산장으로 돌아갔다. 짧은 싸움이었지만 성과가 상당히 컸기에 보람이 있었다.

"왜 이렇게 불에 그슬려 있지?"

관리인 노인은 의아해하면서도 멧돼지를 해체했다.

그사이 나는 생명의 불꽃을 만들어 박진성 회장에게 주었다.

불꽃을 먹고 박진성 회장은 개운한 얼굴이 되었다.

"내가 요즘 이 맛에 살아."

"맛있으세요?"

나는 정말로 궁금해서 물어보았다. 정작 스킬의 주인인 나는 한 번도 못 먹어본 탓이었다.

"맛있는 건 아닌데 먹은 순간 피로가 싹 풀리고 힘이 솟는 게 기분이 좋거든. 내가 건강해지는 기분이 확 느껴진다고나 할까."

박진성 회장은 오늘따라 기분이 좋아 보였다.

"어제 주치의가 진찰해 보더니 컨디션이 좋아 보인다고 칭찬하더군. 일주일 후에 다시 검진을 해보기로 했어."

"효과가 있었으면 좋겠네요."

"있을 거야. 내 느낌이 그래. 이렇게 활력이 넘치는데 효과 없을 리가 없지."

나도 효과가 있기를 바랐다. 그래야 돈을 더 받을 수 있으니까.

"아 참, 노르딕 시험단에서 연락이 왔어. 다음 주 월요일에 보자고 하던데."

"어디서요?"

"덴마크. 나랑 같이 가면 돼."

"회장님도 따라오시게요?"

"불꽃 먹어야지. 하루라도 빼먹으면 안 되지."

"……"

몸보신에 대한 강한 의지가 느껴진다. 하긴 목숨이 걸린 일이니까.

"저 때문에 따라오시니까 어째 좀 죄송하네요."

"뭘, 어차피 일은 자식들이 하고 있어서 한가해. 이 기회에

북유럽지사나 시찰하고 오지 뭐."

"그럼 전용기로 가는 거죠?"

"당연하지. 넌 나랑 같이 가면 돼."

아, 든든하다. 유치원에 데려다 주는 아버지 같은 느낌이랄까.

이 같은 박진성 회장의 든든한 지원을 바라고서 한 거래이긴 하지만 이렇게까지 강력한 도움을 받을 줄은 몰랐다.

"부담 갖지 마."

박진성 회장은 귀신 같이 내 마음을 읽었다.

"넌 그만한 가치가 있어. 이 박진성의 생명줄이란 말이야."

"……."

"시험에서 살아남을 생각만 해. 살아만 있으면 부귀영화를 마음껏 누리게 해주마. 그리고 나를 낫게 해주면 내 은인으로 여기고 네 가족까지도 전부 책임지겠다. 진성그룹의 박진성 회장이 약속하는 거야."

"……알겠습니다."

그날 점심 식사의 메인은 석쇠에 구운 멧돼지 고기였다. 된장찌개와 김치 등 갖가지 반찬과 잡곡밥도 맛이 기가 막혔다. 관리인 노인의 솜씨는 과연 박진성 회장의 신임을 받을 만했다.

관리인 노인이 보이는 강한 충성심으로 보아 박진성 회장은 믿을 만한 인물이라고 생각된다. 도움을 받은 만큼 그 보답을 하는 사람이니까 저렇게 충성을 받는 것이다.

'좋은 조력자를 얻었어.'

박진성 회장 또한 팀원을 전부 잃고 위기에 빠진 나에게는 생명줄 같은 존재였다.

그야말로 스킬합성과 생명의 불꽃이 나를 살린 셈이었다.

＊　　　＊　　　＊

박진성 회장과 근로계약서 2통을 작성했다.

하나는 시험자와 스폰서로서 맺은 진짜 계약. 주급 7억의 초대형 계약으로, 저 어마어마한 주급을 매주 월요일에 지급받기로 했다. 물론 성과에 따라 추가금을 지불한다는 옵션이 붙어 있었다.

또 하나는 가짜 계약서였다.

이건 순전히 내 가족들에게 보여주기 위한 근로계약서였다. 내가 진성그룹에 취직했다는 것을 믿지 못하는 엄마와 누나에게 보여주려는 계약서로, 내가 회장의 경호원으로 연봉 5,400만 원으로 설정되었다.

이 가짜 계약서를 들고 집으로 돌아오자 그제야 엄마와 누나의 의심이 사라졌다. 그리고 현지의 애교는 더 심해졌다.

아들이 대기업에 취직했는데 어째 엄마는 기뻐하는 기색이 아니었다.

"아들한테 가게 물려주고 은퇴하고 싶었는데……."

"엄마, 미안해. 이 아들의 운명은 닭강정이 아니었나 봐."

"어휴, 그럼 가게는 현지에게 물려줘야겠다."

나에게 커피를 가져다주며 애교를 떨던 현지가 화들짝 놀랐다.

"나?"

"그래, 우리 아들은 버젓한 직장에 취직했으니까 이제 우리 집에 남은 백수는 너뿐이잖니."

"백수 아니야! 나 취직할 거야!"

"현지야, 네 학벌로 보나 토익 점수(400점)로 보나 성품으로 보나 취직은 글렀잖니."

"할 수 있어! 아니, 그리고 학벌이랑 토익은 그렇다 쳐도 내 성품이 어때서?"

"힘든 일 하기 싫어서 잔꾀 부리잖니."

"이씨! 나 취직할 거야! 취직할 수 있단 말이야!"

"잘 생각해 보렴. 네가 설령 취직한다 해도 변변찮은 중소기업에서 연봉 2천을 받는 정도겠지? 그럴 바에는 그냥 엄마 가게 물려받는 게 어떠니?"

"다, 닭 장사는 싫어. 난 커리어우먼 될 거야."

현지의 입에서 '커리어우먼' 이란 말이 나오자 나는 황당함을 느꼈다. 누나 역시 황당해하는 표정이었다.

엄마는 현지의 옆에 가까이 앉아서 자상한 목소리로 말했다.

"현지야, 잘 생각해 보런? 너 명품 좋아하지?"

끄덕.

"좋은 차 몰고 다니면서 돈 펑펑 쓰며 놀고 싶지?"

끄덕끄덕.

"그럼 네가 선택해야 할 진로는 불경기에 언제 망할지 모르는 중소기업의 경리일까, 아니면 불티나는 닭강정 가게일까?"

"그, 그게……."

현지의 얼굴이 당혹이 어렸다.

"일 좀 힘들면 어떠니? 닭 장사면 어때? 그렇게 번 돈으로 좋은 옷 입고 좋은 가방 매고 해외여행도 다닐 수 있는데."

"하, 하지만 난……."

"잘 생각해 보렴. 어떤 일을 택해야 10년 뒤에 후회하지 않을까?"

"그래, 넌 머리가 나빠서 그냥 속편하게 몸을 쓰는 일이 어울려."

누나가 냉혹하게 동의한다.

하여간 엄마나 누나나 조금은 현지를 생각해 줘야지.

내가 말했다.

"그래, 현지야. 닭장사의 세계는 네게 맡길게. 낮에는 닭강정 볶는 여자, 밤에는 잘나가는 클럽녀로 변신! 얼마나 좋아?"

난 누구보다도 현지를 생각하는 오빠다.

"흐아아앙! 공부할 거야! 공부해서 좋은 데 취직할 거야!"

현지는 울면서 자기 방으로 뛰어 들어갔다.

나는 웃으며 데굴데굴 굴렀다.

가여운 것, 그래도 다 뿌린 대로 거둔 법이란다. 좀 열심히 살지 그랬니?

"조금만 더 설득하면 될 것 같은데."

엄마가 독사처럼 눈을 빛냈다.

"대학 졸업하면 용돈 끊을게. 돈 필요하면 엄마 가게에서 알바하라고 해. 그렇게 천천히 가게 일에 익숙해지게 만들면 결국은⋯⋯."

청출어람. 누나는 그보다 더 독사처럼 치밀한 음모까지 제시했다.

"어머, 좋은 생각이다 얘. 돈 맛을 한번 보고나면 쥐꼬리 같은 월급 받고 살 생각은 못하지."

유전자가 99.9% 일치하는 모녀를 보며 나는 부르르 떨었다. 저 두 사람의 표적이 내가 아니어서 정말 다행이었다. 닭강정을 볶는 현지의 모습이 벌써부터 눈앞에 보이는 듯했다.

*　　　*　　　*

주말이 되어도 나는 여전히 매일 아침 산장으로 출근했다. 생명의 불꽃을 박진성 회장에게 줘야 했기 때문이다.

대신 퇴근은 내 자유이니 아무 불만 없었다. 무엇보다 주급이 7억이거든. 불만 같은 게 있을 리가 있나.

그 밖에도 박진성 회장은 내가 부탁하면 무엇이든 들어주었다.

모신나강의 7.62㎜ 탄이 더 필요하다고 하자 곧바로 한국아레나연구소에 연락해서 탄 몇 박스를 가져오게 했다.

격투기를 배우고 싶다고 하자 자신을 수행하는 경호원 중 한 명을 붙여주었다. 나이는 나보다 어린 28세였는데, 전국체전 고교복싱 동메달 출신에 지역구의 무에타이 대회에서 우승한 적도 있다는 인재였다.

"기초 운동은 필요 없으시겠네요."

인간의 한계까지 강화된 내 몸을 본 경호원 최혁은 살짝 질린 얼굴로 말했다. 이해한다. 작게 쪼개진 잔근육들을 보면 나 스스로도 놀란다.

"기본자세부터 가르쳐 드리겠습니다."

최혁은 내가 흉내만 내던 잽 동작을 교정해 주었다.

운동신경의 효과로 나는 올바른 잽 동작을 체득하였다.

잽에 이어 스트레이트와 기본적인 풋워크도 배웠다. 그것을 날이 어두워지도록 반복하며 연습했다. 밤에도 태조산에 올라가서 새벽까지 반복하며 연습했다.

다음 날, 내가 풋워크를 하며 잽과 스트레이트를 하는 걸 본 최혁은 놀란 얼굴이 되었다.

"자, 잘하십니다."

"그래요?"

"그래도 싸울 때 반사적으로 나올 수 있도록 매일 꾸준히 반복하셔야 합니다."

"네."

그날은 최혁이 특별히 가져와 설치한 샌드백이 너덜너덜해지도록 치며 연습했다. 보통 그렇게 심하게 하면 주먹이 상하지만, 내 주먹은 체력보정 덕분에 멀쩡했다.

　주말이 지나고 월요일이 되었다.

　언제나처럼 생명의 불꽃을 주면서 나는 박진성 회장에게 물었다.

　"최혁이라는 경호원 말이에요. 제가 시험자라는 걸 알아도 되는 거예요?"

　"알고 있으니까 상관없어."

　최혁은 그냥 경호원이 아니고 제3비서실 소속이라고 한다.

　제3비서실은 외부에 공개되어서는 안 되는 일을 하는 사람들로, 최혁 같은 무예인도 포함되어 있다고 했다.

　'그러고 보니 처음 날 찾아왔던 이정식이라는 사람 직책이 제3비서과 실장이었지.'

　그제야 수긍한 나는 안심하고 최혁에게 배웠다.

　그날은 글러브와 헬멧을 끼고 간단하게 스파링을 했는데, 나는 배운 풋워크와 잽, 스트레이트만으로 최혁을 밀어붙였다.

　기술면에서는 확실히 밀려서 제대로 맞은 횟수는 내가 더 많았다. 하지만 체력보정 초급 5레벨로 맷집은 물론이고 순발력이나 반사 신경도 압도적이었기에 압도할 수 있었던 것이다.

　사실 이만한 차이에도 불구하고 끝내 무승부로 만든 최혁이 대단한 것이었다.

내가 밀어붙이긴 했어도 복싱시합이었다면 최혁이 더 많은 포인트를 땄겠지.

"디펜스만 제대로 배우셔도 제가 도저히 이길 수 없게 되겠군요. 그래도 아직 배우실 게 많으니 열심히 하셔야 합니다."

"예, 부탁드립니다."

그 후로는 블로킹을 배워서 최혁의 일방적인 공격을 막는 연습을 했다. 블로킹의 종류가 이렇게 많을 줄은 몰랐다.

저녁이 되자 내 애마가 된 포르쉐 카이엔을 몰고 집으로 돌아왔다.

'그러고 보니 월요일은 주급이 입금되는 날이었지?'

스마트폰으로 모바일 뱅킹에 접속했다. 그리고 잔고를 확인해 보니…….

'허억!'

아드레날린이 극도로 분비되는 기분이 바로 이러할까? 잔고 액수를 보며 나는 이성을 유지하기가 힘들었다.

10억.

박진성 회장을 만나 생명의 불꽃을 준 지 5일째였는데 입금된 돈은 2배인 10억이었다.

나는 기겁해서 박진성 회장에게 전화했다.

박진성 회장 같은 거물이 내가 전화한다고 과연 받을까 걱정했지만 다행히도 곧바로 받았다.

—어, 무슨 일이야?

"불쑥 전화드려 죄송합니다. 통화 가능하십니까?"

―괜찮아. 자네 통화는 언제든지 받아야지. 오늘 돈 받은 것 때문에 전화한 게야?

"예, 너무 많아서……."

―오늘 검진받았어.

그 한마디에 약속보다 많은 금액을 받은 이유가 설명되었다.

박진성 회장은 밝은 목소리로 말했다.

―암세포 전이가 멈췄다는군. 멈춘 것뿐만이 아니고 약간이지만 줄어들었다는군. 좀 더 지켜봐야 확실해지지만 아무튼 낫고 있는 건 확실해.

"축하드립니다."

―내가 아주 기분이 좋아서 더 준 거니까 부담 갖지 말고 받아.

"감사합니다."

―감사는. 대신 주급을 계속 2배로 주겠다는 뜻은 아니야. 노르딕 시험단의 일도 있고 나도 자네 때문에 지출이 꽤 되거든. 이해하지?

"무, 물론입니다."

연구소에서 날 빼낸 일도 있고, 노르딕 시험단의 도움을 받기로 약조한 것도 있다. 이 기세라면 나로 인해 들어가는 액수가 연간 5백억이 족히 될지도 모르는 일이었다.

―섭섭할 필요 없어. 내가 확실히 낫기만 하면 자넨 내 은인이야. 이 진성그룹 박진성의 은인.

"전혀 섭섭하지 않습니다. 지금도 충분합니다."

―그래그래. 아무튼 수요일은 덴마크 가기로 했으니까 준비 잘 하고.

"예, 염려 마세요."

―그럼 내일 보지.

그렇게 통화가 종료되었다.

나는 스마트폰의 모바일 뱅킹 화면을 보며 헛웃음을 지었다.

'돈 벌기가 이렇게 쉽나?'

남들은 평생 모으기 힘든 돈이 닷새 만에 생겼다. 이게 현실인지 의심스럽기까지 했다.

하지만 현실이었다.

분명히 눈앞의 화면에 찍힌 액수는······.

"10억?!"

"으악, 깜짝이야!"

뒤에서 울려 퍼진 경악한 외침에 나도 덩달아 화들짝 놀랐다.

'뭐야?!'

나는 급히 뒤돌아 보았다.

······현지였다.

양손에는 내 간식거리라고 커피와 단팥빵이 가지런히 담긴 쟁반을 든 채였다. 이 토익 400점짜리 여동생, 정말 지극정성이구나.

"너, 너 뭐야? 언제부터 거기 서 있었어?"

"나 방금……."

현지는 넋이 나간 얼굴로 대답한다.

"아, 진짜, 컴퓨터가 있는 혈기왕성한 남자의 방은 함부로 들어오는 게 아니란다. 일단 노크를 한 다음에 눈을 질끈 감고 들어와야지!"

"근데 방금 10억……."

"10억은 무슨 놈의 10억?"

"그거 오빠 스마트폰에 10억……."

"이거? 에이, 하하하. 이거 게임머니야. 이 오빠가 공무원 시험 준비 하는 동안 공무원 대신 맞고의 달인이 되었거든."

"시민은행이라고 찍혀 있는데……."

"잘못 봤겠지. 자자, 간식 땡큐. 이거 주고 얼른 나가렴. 휘이, 휘이."

그러자 안드로메다로 떠나 있던 현지의 넋이 되돌아왔다.

요것은 눈을 날카롭게 치켜뜨고 말했다.

"누굴 모바일 뱅킹 화면도 못 알아보는 바보로 알아?"

"……."

"보여줘 봐. 그거 10억 맞지? 내 눈이 잘못된 거 아니지?"

현지는 날렵하게 내 스마트폰을 낚아챘다. 최혁의 잽보다 빠른 손놀림이었다.

"세상에…… 세상에……! 진짜 10억이야. 진짜 10억! 일, 십, 백, 천, 만, 십만, 백만, 천만, 억…… 10억이야! 어떡해, 어떡해!"

"뭘 어떡해? 얘야, 넌 어떻게 할 필요가 전혀 없단다."

"오빠!"

"왜, 왜?"

"이 돈 어디서 난 거야?"

"⋯⋯오빠 친구들이랑 사업하고 있어."

"뭐? 정말?"

"그, 그래. 그동안 알바하면서 모은 돈으로 친구들이랑 쇼핑몰 창업했거든. 사업하다 돈 날린다고 걱정할까 봐 엄마랑 누나한테는 비밀로 했지."

또 내 입에서 이상한 스토리가 줄줄 나오기 시작했다.

"그럼 진성그룹에 취직한 거랑 포르쉐는⋯⋯."

"아냐, 그건 진짜야. 진성그룹에 취직했어. 근로계약서도 봤잖아."

"오빠⋯⋯."

"응?"

현지는 황홀경에 빠진 눈으로 날 바라보았다.

"사랑해, 오빠⋯⋯."

"⋯⋯."

뭐래 얘?

2장

유민정

"우린 이제 부자 된 거지?"

"얘가 어디서 은근슬쩍 우리래?"

"아앙, 오빠!"

"잠깐!"

나는 엉겨들려는 현지를 최혁에게 배운 사이드스텝으로 피했다. 수련의 효과가 이런 식으로 나타나다니.

"뭔가 착각하나 본데 이건 내 돈이 아니야."

"응? 그럼?"

"공금! 그래, 창업한 법인의 공금이야. 그러니까 이게 내 돈이라고 착각하지 마."

"방금 지어낸 말 아니야?"

애는 왜 쓸데없는 데서 날카로워?

"부자 되기 쉬운 줄 알아? 내가 무슨 수로 10억을 떡하니 벌어?"

"에이, 뭐야."

다행히 아둔한 현지는 내 말에 수긍해 버렸다. 다행이다.

"근데 무슨 쇼핑몰?"

"패, 아니, 컴퓨터 부품 쇼핑몰이야."

하마터면 패션이라고 말할 뻔했다. 그랬으면 현지가 무진장 관심을 보이면서 자기를 모델로 써달라는 등의 헛소리를 했겠지?

"그래? 그 쇼핑몰 모델 필요 없어?"

……봐라. 얘가 현지다.

"컴퓨터 부품에 모델은 무슨 모델이야? 필요 없어."

"쇼핑몰은 잘되고?"

"그냥저냥 용돈벌이 수준이더라. 나는 지분이 많지 않아서."

"그럼 오빠 진성그룹에 취업해서 받는 연봉이랑 그것까지 합하면, 대박! 오빠 진짜 돈 많이 벌겠다."

"뭐, 그냥 먹고살 만한 정도지."

"아이, 왜 또 빼고 그래."

10억 쇼크에서 벗어난 현지는 다시 기운을 차렸는지 애교를 떨기 시작한다.

현지가 유독 나에게 이렇게 아양 떠는 이유가 있다.

현지에게 용돈을 주는 사람이 누군가? 바로 우리 누나, 피도 눈물도 없는 냉혈한 노처녀 김현주 양이시다. 누나한테는 현지가 아무리 아양을 떨어봤자 국물도 없다.

그에 비하면 난 훨씬 만만한 봉이었던 것이다. 어릴 적부터 현지의 앙탈에 못 이겨 내가 양보한 것이 한두 번이 아니었지…….

"오빠, 그러지 말고 나 좀 봐주라. 언니 눈치가 아무래도 심상치 않단 말이야."

"응?"

"아마 나 대학 졸업하면 용돈 끊을 생각인지도 몰라."

정말 눈치 백단이구나.

"언니는 정말 옛날부터 나한테 너무하지 않아? 늦게까지 놀다 오면 혼내고 과자도 오빠 거 먹지 말라고 그러고."

내 과자 뺏어 먹지 마, 좀!

"여동생 사랑이 없어, 정말. 나이 차이도 많이 나는 막내인데 귀여워해 줘도 되잖아?"

"바로 네 머릿속에 그런 계산이 있으니까 문제지."

"아무튼 오빠 나 용돈 좀 주라 응? 내가 진짜 오빠한테 잘할게. 친구 소개시켜 줄까? 학교 친구들 중에 민정이같이 노는애 말고 공부 잘하고 참한 애들도 있어. 오빠 차에 타고 학교 가니까 애들이 오빠 소개시켜 달라고 난리도 아니더라."

글쎄다. 제아무리 공부를 잘해도 현지네 학교 학생이면 그 클래스는 안 봐도 뻔하지.

"아 참, 그리고 민정이 조심해. 요즘 제대로 오빠 노리고 있어."

"날?"

"응, 내가 전에 클럽 가자고 했더니 이제 그런 데 안 간다는 거야."

"너도 클럽 그만 가."

현지는 내 말을 깨끗이 씹으며 제 할 말만 계속했다.

"이제 참한 여자로 살겠다나 뭐라나? 맙소사, 얼마 전부터는 한식 조리 기능사 공부도 시작했다? 양식이랑 중식도 따겠대!"

"그게 뭐 어때서? 좋은 일이지."

"이게 다 오빠 노리는 거라니까? 여친도 아니고 아예 오빠 마누라 자리 노리고 벼르는 거야."

"억측이야."

"아무튼 그 여우 같은 계집애 조심해."

"몰라. 당장은 여자 생각이 안 나."

내가 죽느냐 사느냐가 문제인데 여자 생각이 날까 보냐?

"……."

"……."

"응? 안 나가고 뭐해? 아직 볼일 안 끝났어?"

내 물음에 현지는 대뜸 내 무릎 위에 걸터앉았다.

"오빠, 나 용돈! 응?"

"왜 나한테 용돈을 달래니? 곧 있으면 네가 나보다 더 많이 벌 텐데."

의아해하는 현지에게 나는 씨익 웃으며 덧붙였다.

"닭강정."

"꺄악! 진짜! 오빠 진짜 죽을래?!"

노발대발하는 현지였다.

현지는 아예 내 방 침대에 드러눕고 용돈 줄 때까지 안 나가
겠다고 뻗대기 시작했다.

내가 쫓아내려고 하자 골뱅이처럼 이불 속으로 들어가 셔츠
와 바지를 벗어던지는 만행을 저질렀다. 강제로 끌어낼 수도
없고 도리가 없었다.

"안 주면 사업한다고 엄마랑 언니한테 이를 거야!"

"졌다, 졌어."

나는 현지의 계좌로 50만 원을 이체시켜 주었다. 현지는 모
바일 뱅킹으로 계좌를 확인하고는 꺅꺅거리며 좋아했다.

"오빠, 고마워! 사랑해!"

"옷 입고 나가!"

"응!"

현지는 이불 속에서 주섬주섬 옷을 주워 입고서 비로소 내
방을 떠났다.

한바탕 폭풍이 지나간 후에, 나는 그제야 다시 모바일 뱅킹
화면을 바라보았다.

10억.

현지에게 준 50만 원은 티도 나지 않았다.

"하하하."

나는 웃었다.

적어도 내가 죽기 전에는 현지의 미래를 위한 돈 정도는 마련할 수 있겠다 싶었다. 엄마와 누나는 알아서 잘 살 테지만 현지는 걱정이거든.

그런데 그때였다.

위잉.

스마트폰에 진동이 왔다. 민정에게서 온 메시지였다.

[유민정∧∧*: 맛있겠죠?]

그런 메시지와 함께 고추장 양념을 바른 먹음직스러운 북어구이의 사진이 도착했다.

[나: ㅇㅇ 맛있겠다. 요즘 한식 조리 기능사 공부한다며?]

[유민정∧∧*: ㅎㅎㅎ 현지한테 들었어요?]

[나: ㅇㅇ]

[유민정∧∧*: 언제 한번 드시러 오실래요? 제 솜씨 보여줄게요.]

'헐.'

현지의 말이 옳았다.

민정은 나를 노리고 있었고, 이젠 콘셉트도 바꿨는지 대놓고 마음을 표현하고 있었다.

직설적으로 거절할 수도 없고, 나는 에둘러 답했다.

[나: 내가 덴마크로 출장 가서 언제 올지 모르겠네. 돌아오면 연락할게. ∧∧]

[유민정∧∧＊: 덴마크요?]

[나: ㅇㅇ 일 때문에.]

[유민정∧∧＊: 멋져요! 저도 덴마크 가보고 싶은데. @.@]

[나: ㅋㅋ 아무튼 다녀와서 연락할게.]

[유민정∧∧＊: 언제 가시는데요?]

끄응, 에둘러 거절한 걸 알 텐데 일부러 모른 체하는 게 틀림없었다. 원래 이런 애가 아니었는데 왜 갑자기 콘셉트가 바뀐 거야? 포르쉐 때문이냐?!

[나: 수요일.]

[유민정∧∧＊: ㅇㅋ! 알았어요.]

그렇게 대화는 끝났다. 뭘 알았다는 건지 나는 불길함을 느꼈다.

다음 날, 덴마크로 가기 하루 전에도 나는 똑같이 산장에서 회장과 만나고 복싱을 배웠다. 너무 빨리 배웠다며 오늘은 그동안 배운 점을 스파링을 통해서 복습하는 훈련을 했다. 블로킹이 제대로 되니 한결 더 쉽게 최혁을 밀어붙일 수 있었다.

사각 링 위였다면 최혁을 코너로 몰아서 두들겨 팰 수 있었겠지만 링은 없었기 때문에 무승부로 끝났다. 하지만 전보다 정타를 덜 먹었다.

"휴우, 원채 잘 단련이 되어 계셔서 저를 압도하시는군요."

"잘 가르쳐 주신 덕분이죠."

"물론 절 이긴다고 그만 배워도 된다고 생각하시면 곤란합니다. 아직 기술적으로 턱없이 부족해요."

"물론이죠."

배운 지 며칠이나 됐다고 내가 그딴 생각을 할까.

"가장 먼저 극복해야 할 것은 상대의 공격에 의해 템포가 끊기는 문제입니다. 스토핑으로 공격을 끊거나 위빙으로 피하면서 반격해야 하는데, 블로킹밖에 모르시니까 상대의 공격에 템포를 맞춰주게 되죠."

나는 고개를 끄덕였다. 하긴 내가 피지컬로 밀어붙였어도 스파링 내내 분위기를 주도한 건 최혁이었다.

"오늘은 스토핑을 하죠."

스토핑은 주먹이나 팔로 상대의 공격 동작을 좌절시키는 동시에 반격의 기회를 노리는 기술이었다.

그날 나는 최혁의 공격을 블로킹과 스토핑으로 막는 연습을 했다. 하루 종일 연습하고 싶었는데 최혁이 너무 빨리 (사람인지라) 지쳐서 길게 할 수 없었다.

쓸데없는 짓인가 싶기도 했지만 나는 최혁에게 복싱을 배운 성과를 그날 충분히 확인할 수 있었다.

쉬익— 뻐억!

"꽤애액!"

실프를 시켜 산을 뒤져서 찾아낸 멧돼지를 상대로 복싱이 빛을 발한 것이다.

예리한 펀치.

올바른 동작에서 뻗어 나가는 날카로운 펀치가 보다 위력적인 권풍을 만들어냈다. 바람의 가호만 사용했음에도 멧돼지는 맥을 못 췄다.

'레벨이 낮아서 위력이 없었던 게 아니라 내 동작이 형편없 었구나.'

물론 초급 1레벨밖에 안 돼서 위력이 낮은 이유도 있겠지 만.

멧돼지가 돌진하려는 순간, 나는 빠르게 잽을 날려 권풍으 로 앞다리를 맞춰 쓰러뜨리는 센스까지 발휘했다. 스토핑을 배우면서 상대의 템포를 끊는 중요성을 깨닫게 된 덕이었다.

"불꽃의 가호."

바람과 불꽃이 더해진 나의 공격은 보다 위력적이었다.

콰르릉!

있는 힘껏 스트레이트를 뻗자 멧돼지의 거구가 폭발에 비틀 거렸다.

두려움에 질린 멧돼지가 뒤돌아 달아나려는 순간, 나는 기 회가 싶어서 달려들었다.

바람의 가호로 훌쩍 도약하여 단숨에 거리를 좁힌 후, 멧돼 지의 옆구리를 힘껏 걷어찼다.

뻐어억!

콰아앙―!

"꽤애액!"

안에서 뭔가가 우지직 부서지는 느낌이 발을 통해 전달되었 다.

멧돼지는 쓰러져서 숨을 헐떡거리며 괴로워했다.

'미안하다.'

나는 애도를 표해준 뒤 실프를 시켜 바람의 칼날로 마무리 했다.

'확실히 강해졌어!'

나는 자신감을 얻을 수 있었다.

이제 와서 이런 걸 배워 봤자 당장 효과가 있을까 불안한 감도 없지 않았다.

그런데 멧돼지를 상대로 전과는 확연히 다른 공격력을 확인하게 되었다. 확신이 들었다. 이번 휴식 기간이 끝날 때까지 계속 배운다면 더 강해질 수 있겠다 싶었다.

시간 가는 줄 모르고 연습에 몰두하던 나는 날이 어두워지자 슬슬 집으로 돌아가기로 했다.

'내일은 덴마크 가는 날이지.'

해외여행이라고는 군대 전역 후에 북경 다녀온 게 전부였다.

내가 드디어 유럽에 가보게 되다니 기대 만발이었다. 더군다나 그냥 비행기가 아니다. 박진성 회장의 전용기다!

비행기 안이 호텔처럼 되어 있으려나?

얼른 짐을 싸야겠다 싶어서 나는 차를 타고 천안으로 돌아갔다. 운전에 익숙해지니 슬슬 포르쉐를 모는 재미가 빠져들었다.

오늘은 웬일인지 현지가 일찍 집에 돌아와 있었는데, 혼자가 아니었다.

"안녕하세요, 오빠!"

"안녕하세요!"

활기차게 인사하는 두 여자.

한 명은 민정이었다. 그리고 또 한 여자도 전에 클럽에서 봤던 그 애였다. 현지의 클럽 친구들이 여기 다 모였구나.

"사백아, 또 놀러 가냐?"

내 물음에 현지의 표정이 형편없이 일그러졌다. 민정과 친구가 키득거렸다.

"민정이가 밥해주겠대."

"밥?"

민정은 활짝 웃으며 말했다.

"오빠 내일 덴마크 가신다면서요? 그래서 그 전에 보고 싶어서요."

"오빠, 너무 보고 싶었어요. 좋은 데 취직하셨다면서요? 대박! 저도 오빠 차 태워주세요."

이게 대체 무슨 상황이냐.

나는 현지를 빤히 바라보았다. 현지는 연신 식은땀을 흘리며 딴청을 피웠다.

아니, 민정은 안 된다며 그렇게 뜯어말리더니 애를 집에 데려온 건 대체 무슨 경우야?

"조금만 기다리세요. 밥은 다 됐어요."

민정은 콧노래를 흥얼거리며 부엌으로 향했다.

또 다른 친구는 진성그룹은 어떻게 취직하게 된 거냐, 연봉은 얼마냐, 차는 좋으냐며 연신 속물스런 질문을 해댔다. 아, 환멸스럽다.

피곤함을 느낀 나는 자리에서 일어섰다.

"나 내일 출장 준비해야 해서."

"네, 그러세요."

내 방으로 들어가 내일 가져갈 여권과 옷가지 등을 챙기고 있는데, 현지가 슬그머니 들어왔다.

"오빠~"

"민정이 조심하랄 땐 언제고."

"아잉, 그게 있잖아. 민정이가 지현이도 같이 끼고 와서는 우리 집에 놀러가겠다고 생떼를 부리잖아. 지현이도 오빠 보고 싶다고 졸라대고. 요리학원에서 배운 거 보여주겠다고 하는데 계속 거절할 수도 없어서……."

나는 현지를 한심하다는 듯이 바라보았고, 현지는 고개를 푹 숙였다.

이젠 나도 몰라.

될 대로 되라지.

비빔밥, 무생채, 육원전 등, 민정은 자기가 만든 갖가지 요리를 식탁에 펼쳤다.

"어머, 어머 대박! 이거 진짜 네가 만든 거야?"

"배운 지 얼마 안 됐는데 벌써 이 정도 하는 거야? 난 라면밖에 못 끓이는데."

현지와 지현이 감탄을 한다.

아니 뭐, 감탄을 할 만한 요리는 아니었다. 민정이 요리를 했다는 것 자체가 신기한 거지.

민정은 나를 보며 예쁘게 웃어보였다.

"어때요? 맛있겠죠?"

"어, 그래. 먹어도 돼?"

"그럼요. 다들 먹어."

"잘 먹을게."

"땡큐."

그럭저럭 괜찮은 식사였다.

민정의 요리도 나쁘지 않았고, 엄마가 해놓은 반찬도 많아서 풍성한 저녁 식사가 되었다.

운동량이 많아져서 그런가. 나는 배가 고파서 두 그릇이나 먹었다.

그런데 밥솥에서 한 그릇 더 퍼온 나를 보며 민정은 흐뭇하게 눈웃음을 지었다. 어쩐지 내 아내가 된 듯한 태도여서 나는 식은땀이 났다. 이제는 거리낌 없이 나에 대한 마음을 드러내는 민정이었다.

현지나 지현이 그걸 눈치 못 챌 리가 없었다.

묘한 분위기가 흐르자 나는 화제를 돌리기로 했다. 너희가 벗어날 수 없는 화제를 던져주마.

"다들 취업할 데는 정해졌어?"

현지와 지현이 움찔했다.

의외로 민정은 태연하게 말했다.

"저는 친척 오빠가 차린 회사에 들어가기로 했어요."

그랬군.

그래서 그 시기에 여유롭게 한식 조리 기능사 공부를 할 수 있는 거야.

"부럽다! 나도 어떻게 안 돼?"

지현이란 친구는 취업 전선에 문제가 많은지 민정에게 매달렸다.

"글쎄? 말은 해보겠지만 힘들걸? 작은 벤처회사라 인원이 많이 필요 없거든. 나도 마침 경리 자리가 하나 비었다고 부른 거야. 월급도 얼마 안 돼."

"히잉, 난 어쩌지? 토익 공부도 하고 있는데 이거 갖고는 아무 도움도 안 될 것 같아."

"이것들아, 난 집에서 닭강정 가게 이어받으라고 압박받고 있단 말이야!"

현지도 투정을 부리기 시작했다.

음, 역시 직방이군.

나는 얘기 나누는 세 사람을 뒤로 하고 짐을 싸러 방으로 들어갔다.

가져갈 게 그리 많지 않아서 보스턴백 하나에 전부 정리할 수 있었다. 생각보다 정리가 쉽게 끝나자 나는 노트북을 열고 인터넷에 접속했다.

노르딕 시험단의 본부는 덴마크의 코펜하겐에 있다고 했다.

볼일이 끝나면 관광을 할 시간도 생길 거다 싶어서 미리 관광지를 조사해 보았다.

"오빠, 얘들 간대."

현지의 두 친구가 돌아갈 때가 되어서 현관으로 배웅을 나왔다. 그런데 대뜸 민정이 내게 말했다.

"오빠, 데려다 주시면 안 돼요?"

"아, 맞다! 저도요! 포르쉐 타고 싶어요!"

지현도 매달렸다.

민정이 밥까지 해준 터라 데려다 주지 않을 수가 없었다.

현지는 귀찮다고 집에 있기로 했고, 나는 두 사람을 차로 데려다 주었다. 두 사람은 고급스러운 차 내부 인테리어를 감상하며 감탄했다.

시동을 걸자 민정이 잽싸게 말했다.

"지현이네 집이 가까우니까 그쪽 먼저 가요."

지현이 물끄러미 민정을 바라본다. 민정은 지현의 손등을 툭툭 친다. 모종의 이야기가 오갔는지 지현은 혼자 키득거린다.

"감사합니다!"

지현을 내려주고서 나는 내비게이션을 찍으며 민정에게 물었다.

"집이 어디야?"

"안서동 〇〇오피스텔이요."

내비게이션으로 불러준 주소를 찍어본 나는 그게 현지가 다니는 학교 앞이라는 것을 알게 되었다. 우리 집에서 고작 10분 거리였다.

지현이 키득거리며 웃은 이유를 깨달았다. 민정은 나와 단 둘이 남기 위해 일부러 지현부터 데려다 주라고 한 것이었다.

분위기가 또다시 묘해졌다.

"집이 학교 앞이네?"

"집은 서울인데 학교 때문에 혼자 천안에서 살고 있어요."

"……."

혼자 산다는 말이 묘하게 야릇하게 들려오는 건 내 기분 탓일 것이다. 달리 할 말이 없어진 나는 차를 출발시켰다.

민정도 나도 아무 말도 하지 않았다. 어색한 분위기라 나는 긴장감을 느꼈다.

민정이 사는 오피스텔 앞에 도착했다.

"다 왔다."

고개를 끄덕인 민정은 차에서 내렸다.

그런데 조수석의 문을 열고 내 옆에 앉는 게 아닌가. 그리고는 빤히 나를 바라본다.

"왜, 왜?"

"오빠, 뭐가 그렇게 무서우세요?"

"응?"

그건 나를 방심시키기 위한 질문이 틀림없었다. 다음 순간 민정의 입술이 나를 덮쳤으니 말이다.

진하게 내 입을 탐닉한 그녀는 살짝 입술을 떼고 나를 똑바

로 바라보았다. 둘 사이의 거리는 불과 10㎝? 한 쌍의 눈동자
가 빤히 나를 마주쳐 온다.

"오빠도 제가 싫지 않잖아요."

뭐라고 대꾸할 틈도 없었다. 다시 입술이 입술을 덮었다.

맞닿아 밀고 살짝 물어뜯는 감촉이 굉장히 부드러웠다. 입
술과 입술을 통해 그녀의 체온이 굉장히 달콤하게 느껴졌다.

한 손으로 내 목을 잡고, 다른 손으로 허벅지를 쓰다듬으며
그녀는 계속 일방적으로 키스를 퍼부었다.

키스가 그렇게 길 수 있는 이유는 나 역시도 밀어내지 않고
순순히 받아들였기 때문이었다.

시간이 얼마나 흘렀는지 알 수 없었다.

숨 막히는 키스가 끝이 났다.

약간 상기된 얼굴로 민정은 나를 사랑스럽게 바라본다.

"말했죠? 저 혼자 산다고."

"……."

"피곤하실 텐데, 커피 한잔하고 가요."

나는 오피스텔의 지하 주차장에 차를 대고, 민정의 손에 이
끌려 함께 올라갔다.

아마 올라가면 더 피곤한 일이 기다리고 있을 테지만 상관
없었다. 생각은 잠시 접어두기로 했다.

그녀의 집에 도착하자마자 우리는 서로를 탐했다.

키스를 하고 혀와 혀가 뒤얽혔다. 민정은 내 티셔츠를 벗겼
고, 나는 그녀를 안아들고 침대에 올려놓았다. 내가 바지를 벗

는 동안 그녀도 옷을 벗어던졌다.

검정색 란제리만 입은 매혹적인 하얀 몸이 나를 흥분시켰다.

피가 머리에 몰려 뇌가 녹는 듯한 흥분이 치달았다. 더 이상 내 머릿속에 이성은 남아 있지 않았다.

*   *   *

침대 아래에 두 사람의 옷과 속옷이 어지럽게 널려 있었다.

이불 속에 쏙 들어간 민정은 생글생글 웃으며 내 몸을 만지작거렸다. 애정 어린 손길로 가슴과 복부를 쓰다듬는다.

나도 함께 이불을 덮고 싶었지만 내 몸을 보고 싶다는 민정의 당당한 요구 때문에 불빛 아래에 고스란히 알몸을 드러내 놓아야 했다.

나도 같은 요구를 하니까 부끄러워서 싫단다. 자기만 이불 속에 숨은 민정이 살짝 얄밉게 느껴졌지만 귀엽다는 생각이 더 컸다.

"이런 몸을 만들려면 굉장히 힘들겠어요."

"그다지."

"이렇게 대단한 몸은 TV에서도 본 적 없는데."

민정은 보기 좋게 쪼개진 복근을 만지작거리며 신기해했다.

카르마 보상으로 얻은 몸이지 내 노력이 아니라서 살짝 양심에 찔리긴 했다.

'그런데 이젠 어쩐다?'

거사를 마치고 후회를 즐기고 나니 슬슬 이성이 돌아왔다.

나도 남자라 민정이 대놓고 유혹을 하니까 거절하지 않고 받아들였다.

그런데 이제 민정과의 관계를 어떻게 정립해야 할지 고민이 되었다.

"민정아."

"네, 민정이 여기 있어요."

그렇게 말하며 나에게 가까이 밀착해 오는 민정. 누가 현지 친구 아니랄까 봐 대단한 애교 내공이었다.

"진지하게 나 좋아하는 거야?"

"네, 좋아해요."

"왜?"

"좋은 차, 좋은 직장, 좋은 몸, 좋은 성격."

"……."

노골적인 대답이라 잠시 할 말을 잃은 나를 보며 민정은 키득거렸다.

"농담이에요."

"완전히 농담은 아닌 것 같은데."

민정은 깔깔 웃었다.

"그게 전부는 아니에요."

"그럼?"

"그날 밤에요, 저 봤어요. 오빠랑 그 사람들."

그 순간 내 몸이 딱딱하게 경직되었다.

"봤다고?"

"네, 오빠가 걱정돼서 몰래 지켜봤어요. 여차하면 경찰에 신고하려고요. 이야기는 못 들었는데 진성그룹에서 나온 사람들이었죠?"

"응."

"회장님이 어쩌고 하는데 오빠는 싫다고 거절했고요."

"그랬지."

"그걸 보고서 오빠한테 반했어요."

"진성그룹과 관련된 사람이라서?"

"그런 거 말고요."

"그럼?"

"오빠가 중요한 일을 하는 남자라는 느낌이 들었어요. 그때 오빠한테 꽉 꽂혔어요. 오빠 생각밖에 안 나고, 다른 남자들이 하나같이 하찮게 느껴지더라고요."

"……."

"제가 조신하게 살아왔다고는 말 못하지만, 그렇다고 가벼운 마음으로 오빠한테 접근한 건 아니에요."

"……난 노는 여자 싫어."

"이제 안 놀아요. 대학 졸업하고 취직하면 더는 어린애로 남을 수 없어요."

제발 우리 현지도 이런 마인드를 가졌으면 좋겠다.

"난 아무것도 약속해 줄 수가 없어."

"아무것도 약속해 주지 않아도 돼요. 그냥 오빠가 좋아요."

나는 민정을 빤히 바라보았다.

민정은 장난스럽고 여유 있는 평소와 달리 진지한 얼굴이었다.

잘 모르겠다.

난 언제 죽을지 모르는 사람이고, 민정에게는 호감만 있을 뿐 진지하게 좋아하는 건 아니다. 언제 이별할지 모르는 허술한 관계가 될지도 모른다.

하지만 그래도 그녀가 원한다면, 그것도 나쁠 것은 없었다.

조금 이기적이긴 했지만 언제 끝날지 모르는 인생이니 틈틈이 만날 수 있는 여자가 있어도 좋으리라. 예쁘고 자기를 꾸밀 줄도 알고 애교도 많은 민정은 더할 나위 없는 상대였다.

나는 민정을 감추고 있는 이불을 붙잡았다. 그러자 그녀도 이불을 꼭 붙들고는 말했다.

"대답 안 하시면 이제 허락 안 할 거예요."

나는 대답 대신 그녀에게 입을 맞췄다.

"그래, 우리 연애해 보자. 얼마나 갈 수 있을지 모르겠지만 한번 같이 가보자."

내 말에 민정은 해맑게 웃었다.

"오빠 생각보다 훨씬 길게 갈걸요? 제가 말한 적 있었죠?"

그녀는 스스로 이불을 들췄다.

눈부신 나신이 눈앞에 하얗게 펼쳐지면서 그녀의 말이 이어졌다.

"보고 싶어서 안달복달하고 화났을까 봐 조마조마하고, 조금만 잘해줘도 좋아서 잔뜩 들뜨고."

두 손으로 내 머리를 끌어안아 봉긋하게 솟은 가슴으로 인도한다.

"저랑 사귀면 다 그렇게 된다고요. 나중에 물러도 소용없어요."

*   *   *

집에 돌아왔을 땐 새벽 2시였다.

엄마도 누나도 내가 밖에서 늦게까지 있든 상관하지 않았다. 난 현지가 아니거든.

방으로 들어갔는데, 스마트폰으로 게임을 하던 현지가 도끼눈을 뜨고 날 노려보았다.

"뭐하다 늦게 왔어?"

"운동하고 왔어."

"오호라, 운동? 그래, 열심히 땀 흘리며 운동하고 오셨겠지."

현지의 비아냥거림에 나는 움찔했다.

'설마?'

아니나 다를까. 현지가 스마트폰 화면을 보여주었다.

[민정이: 잘 부탁해, 시누이~ 내가 잘할게~)▽(]

"그렇게 말렸더니 결국 그 여우한테 걸려들고, 같이 열심히 운동까지 하셨어? 좋디?"

"크흠, 흠흠! 얘야, 남매끼리 불편한 이야기는 하지 말자꾸
나."

"얼씨구, 남매끼리 이야기하면 불편한 짓을 하셨어요? 자랑
이세요, 자랑!"

얘 좀 봐라?

내가 현지에게 잔소리를 들을 날이 올 줄은 몰랐구나.

내가 반격했다.

"이제 널 찾아 클럽까지 간 내 기분을 알겠니? 뭐? 손이 안
떨어져? 그딴 놈들이랑 아주 재미있었겠다!"

"왜 또 그 얘기야!"

투덕투덕 다투자 그 소란에 엄마가 자다 말고 부스스한 눈
으로 들어왔다.

"이 시간에 왜들 싸워?"

"엄마! 글쎄……!"

"어이!"

막 나가는 현지는 미주알고주알 나불나불 고자질했다.

다 듣고 난 엄마는 날 빤히 보더니 다가와 어깨에 손을 얹었
다.

"아들, 굿 잡."

"별말씀을."

"뭐가 굿 잡이야!"

딴죽을 거는 현지에게 엄마가 말했다.

"현지야, 엄마는 아무래도 좋단다. 무슨 사고를 치든 엄마한테 손주만 안겨준다면 상관없어."

"……."

"……."

엄마의 배포에 우리는 꿀 먹은 벙어리가 되었다.

3장

코펜하겐

ARENA

박진성 회장으로부터 오전 11시까지 김포공항에 오라는 연락을 받았다. 덕분에 아침에 여유가 생겨서 현지를 학교까지 데려다 주었다.

"오빠!"

차를 세우고 내려주자마자 문 열고 불쑥 들어와 조수석에 떡하니 앉는 여자가 있었다.

긴 생머리에 쌍꺼풀이 인상적인 발랄한 23세의 여대생.

이제 나와 사귀게 된 유민정이었다.

"오늘 덴마크 가시죠? 히잉, 한동안 못 봐서 어떡해요!"

귀염을 떠는 민정을 보니 어젯밤에 함께 보냈던 달콤한 시간이 떠올라서 마음이 흐뭇해졌다.

"아주 잘들 논다, 놀아!"

현지가 기가 막힌다는 듯이 우리를 노려본다. 그러거나 말거나 뻔뻔하기로는 만만치 않은 민정은 도리어 내게 찰싹 붙었다. 현지는 부아가 치민다는 표정이었다.

"언제 돌아올지는 모르겠네. 귀국하면 가장 먼저 연락할게."

"가서 바람피우거나 하는 거 아니죠?"

"설마. 그럴 재주도 없어."

"유럽에 갔다고 들떠서 금발 백인이랑 로맨스 찍으면 안 돼요?"

"걱정 마, 난 금발 싫어."

"그럼요?"

나는 대답 대신 민정의 머리칼을 쓰다듬었다. 민정은 생글거리며 나에게 더욱 엉겨 붙었다.

"수업 늦겠어, 이년아!"

보기 눈꼴 시렸는지 현지가 짜증을 부렸다. 그러자 민정은 문을 확 닫아버렸다. 그리고는 창문을 열고 말했다.

"나 오늘 오전 수업 빠질게, 대리출석 해줘!"

"뭐?"

"부탁해요, 시누이! 자자, 오빠 출발! 빨리 출발!"

나는 시키는 대로 차를 출발시켰다. 백미러로 노발대발하는 현지의 모습이 보였다. 민정은 옆에서 깔깔거렸다. 나도 피식 피식 웃었다.

"오빠, 우리 뭐 할까요?"

나는 스마트폰을 꺼내 시계를 확인해 보았다. 이제 9시였다.

"밥은 먹었어?"

"아뇨. 9시부터 강의인데 늦게 일어났어요."

"그럼 뭐 맛있는 거 먹으러 가자. 잘 아는 데 있어?"

"학교 앞에 파스타 전문점 있어요."

"그래, 그리로 가자."

학교 앞 상점가의 도로변에 주차를 하고 내렸다.

지나가던 학생들의 시선이 운전석에서 내린 나에게 쏠렸다. 포르쉐 카이엔의 위력이었다. 화려한 스포츠카는 아니었지만 대학교 앞에서는 쉽게 보기 힘든 차이긴 했다.

잽싸게 내린 민정이 보란 듯이 내 옆에 찰싹 붙었다. 자기가 임자라고 영역표시를 하는 듯한 행동이었다.

지나가던 학생들의 얼굴이 눈꼴 시림으로 일그러졌다. 아침부터 정신적인 데미지를 받은 가여운 학생들은 더욱 빠른 걸음걸이로 지나갔다.

"너 그러다 왕따 된다."

"상관없어요. 곧 졸업이지룽."

약이라도 한 것처럼 활기찬 민정은 나까지 기분이 좋게 만들었다. 함께 식사를 하면서 민정이 문득 내 손목을 보며 말했다.

"오빠 시계 없어요?"

"응."

"일하는 남자 손에는 손목시계가 있어야 해요."

"그래? 하나 사야겠다."

사실 집에 군대에서 쓰던 낡은 전자시계가 하나 있긴 했다. 훈련소 앞에서 1만 원에 팔던 건데 보기 싫어서 안 차고 다녔다.

"오빠, 제가 하나 선물할까요?"

"괜찮아. 마침 해외 나가니까 공항 면세점에서 사면 돼."

내 통장에 10억이 있다. 곧 졸업하는 여대생의 돈을 축낼 이유가 없지.

"얼마짜리 사시게요?"

"글쎄, 돈은 충분하니까 큰맘 먹고 좋은 거 사야지."

"예산을 말해보세요. 제가 골라줄게요!"

"네가?"

"네, 인터넷 검색해 보고 멋진 거 몇 개 골라서 메신저로 알려드릴게요."

"으음, 글쎄."

"안 돼요?"

민정이 귀여운 표정을 짓는다. 토끼처럼 반짝거리는 애처로운 눈빛이라니. 자신의 쌍꺼풀이 예쁘다는 것을 잘 알고 있는 게 틀림없었다.

'고민되네. 얼마를 부르지?'

수천만 원짜리 시계도 부담이 없었다. 그런데 그런 거금을 말하면 기절초풍하면서 이상하게 생각할 것이다. 그렇다고 이왕 돈도 많은데 싼 것을 사고 싶지도 않고…….

"5백?"

"진짜요?"

"응. 평생 차고 다닐 거니까 큰맘 먹고 질러야지."

"평생 오빠 손목에 감겨 있는 걸 제가 고르는 거예요?"

"그렇지. 그러니까 잘 골라야 돼."

"헤헤, 맡겨주세요."

역시 여자는 쇼핑인지 민정의 눈에 의욕이 넘쳐흘렀다.

식사를 하고서 옆의 카페에서 커피를 마시며 이런저런 잡담을 나눴다. 민정은 한도 끝도 없이 이야깃거리가 샘솟는 듯 말을 멈추지 않았다.

헤어질 때가 되어서 차를 타고 학교로 바래다주는데, 문득 민정이 말했다.

"오빠, 소원 하나 말해봐요."

"소원?"

"뭐든지 딱 하나는 들어줄게요."

"뭐, 뭐든지. 정말로?"

"네, 기운 내서 잘 다녀오라는 뜻에서요. 가서 바람피우지 말라는 의미도 있고요."

"바람은 무슨. 아무튼 소원이라……."

소원.

뭐든지 들어준다.

온갖 야릇한 상상이 머릿속에서 춤을 추었다. 민정의 도발적인 눈웃음 때문에 더욱 음란마귀가 날뛰었다. 마침 학교 앞이라 민정의 오피스텔이 코앞이었다.

'안 되지, 안 돼.'

나는 필사적인 자제심으로 참았다. 사귀기로 한 날에 관계까지 가졌다. 가뜩이나 진도가 빠른데 여기서 또 그러면 민정을 너무 함부로 대한다는 인상이 든다.

"키스해 줘."

"풋, 겁쟁이."

나는 울컥했다.

"지금이라도 소원 바꿀까?"

"안 돼요."

깔깔 웃은 민정은 키스를 해왔다. 서로 입술을 맞대고 숨결을 나누며 서로의 혀를 정답게 애무한다. 점차 몸이 뜨거워졌지만 나도 민정도 아쉬운 마음으로 참고 떨어졌다.

"저 이제 학교 가볼게요. 현지가 화낼 것 같아요."

"그래, 돌아와서 보자."

"영상통화랑 매신저 해요."

"오케이."

민정이 학교로 떠나자 나도 집으로 돌아갔다. 옷을 갈아입고 짐을 꾸려 넣은 보스턴백을 들고 김포공항으로 향했다.

*　　　*　　　*

김포공항은 그야말로 난장판이었다.

"회장님, 덴마크로 출국하시는 목적이 무엇입니까?"

"다시 일선에 복귀하시는 겁니까?"

"건강 이상설이 있는데 사실입니까?!"

"회장님!"

"회장님! 답변 좀……!"

득시글거리는 기자들이 개미 떼처럼 몰려들어 질문 공세를 해왔다. 사방에서 터지는 플래시가 박진성 회장의 얼굴을 향해 쏟아졌다.

경호원들은 벌 떼처럼 모여드는 기자들을 가로막고 길을 뚫었다.

그들이 간신히 마련한 길로 박진성 회장은 유유히 걸었다. 그 옆에는 제3비서실장 이정식과 내가 따르고 있었다.

박진성 회장 옆에 있는 탓에 기자들이 들이대는 카메라에는 내 얼굴까지 나올 터였다.

'엄마, 나 9시 뉴스 출연할 것 같아.'

어디 뉴스뿐일까.

이러다 신문 1면에도 떡하니 내 얼굴이 나오게 생겼다.

박진성 회장의 전용기인 보잉 737에 올라탔을 때, 나는 비행기라고는 믿어지지 않는 화려한 내부시설에 감탄할 틈도 없이 아무 자리에 주저앉고 탈진했다.

탁자 앞 소파에 앉아 몸을 뒤로 기댔다.

난생처음 경험한 기자들의 공세는 충격적이었다.

박진성 회장에게 한 질문인데도 옆에 있는 내가 더 떨렸다. 마치 집단 린치라도 당하는 기분이었다.

'늘 이런 일을 겪으며 살아왔다니.'

나는 기자들 앞에서도 표정 하나 안 바뀌는 박진성 회장의 굳은 심지가 경탄스러웠다. 대중의 관심을 받는다는 게 얼마나 큰 압박인지 잠시나마 체험할 수 있었다.

물론 박진성 회장도 피곤하긴 했던 모양이었다.

내 맞은편 소파에 앉아서 나에게 손을 내밀었다.

"휴우, 피곤하구만. 그거나 하나 줘봐."

박진성 회장이 원하는 '그거'가 뭔지는 뻔했다.

"예."

나는 생명의 불꽃을 만들어 건넸다. 불꽃을 한입에 삼킨 박진성 회장은 이내 힘이 솟는지 기분 좋게 웃었다.

"내가 이래서 아침에 봤을 때 달라고 안 하고 참은 거야. 고생한 다음에 먹어야 더 극적이거든."

"하하……."

"어이구, 목 탄다. 마실 거나 좀 가져와 봐."

박진성 회장이 손가락을 딱 튕기며 말하자 스튜어디스가 금세 오렌지주스를 가져다주었다.

20대 후반쯤 되었을까? 단정한 외모에 귀여운 인상을 가진 스튜어디스는 나에게 물었다.

"드실 것을 가져다드릴까요?"

"네, 커피요."

"어떤 커피로 드릴까요?"

"아이스 아메리카노요."

"네, 잠시만 기다려주십시오."

스튜어디스는 금방 아이스 아메리카노를 갖다 주었다. 커피를 마시며 나는 감동에 젖었다.

'비행기 안에서 이렇게 편하게 지낼 수 있다니.'

오기 전에 스마트폰으로 '진성그룹 회장 전용기'를 검색해 봤다.

'듣자 하니 내부에 침실과 업무실은 물론이고 헬스장까지 있다던데.'

한번 구경해 보고 싶다.

그런데 그보다 일단은 옷부터 편한 걸로 갈아입어야겠다. 지금 입고 있는 슈트는 역시 불편해.

"회장님, 저 옷 좀 갈아입어도 되죠?"

"마음대로 해. 그런데……."

박진성 회장은 스윽 내 위아래를 훑어보았다.

"왜 그런 싸구려 슈트를 입어? 돈도 많이 번 놈이."

"옷에 별로 관심이 없어서요."

"손목에 시계도 없고, 헤어스타일도 그렇고, 젊은 놈이 외모에 신경을 안 써?"

"그렇게 이상해요?"

핀잔을 받은 나는 멋쩍어서 머리를 긁적였다.

박진성 회장이 말했다.

"넌 지금 공적인 업무로 사람을 만나러 가는 거야. 상대에게 하찮게 보이고 싶은 게야?"

"아, 아니요."

"가뜩이나 3회차밖에 안 된 시험자라니까 그네들 눈에는 가여운 놈으로 보일 텐데, 외모까지 그래서는 안 되지. 코펜하겐 도착하면 쇼핑부터 해."

"알겠습니다."

"너 영어도 못하지?"

"네……."

"으음!"

박진성 회장은 자기 뒷목을 잡았다.

"어구구, 자넬 보면 가끔 성질이 나. 내가 네 나이 때 얼마나 열심히 살았는데……!"

"죄, 죄송합니다. 진정하세요."

"하여간 자넨 존재 자체로 병 주고 약을 준단 말이야."

그러면서 박진성 회장은 또다시 손가락을 딱딱 튕겨 스튜어 디스를 불렀다.

"네."

아까 그 스튜어디스가 다가왔다.

"아가씨 이름 뭐야?"

"이수현입니다, 회장님."

"코펜하겐에서 이놈 데리고 쇼핑 좀 해. 머리 스타일서부터 발끝까지 싹 고쳐 버려, 알아들어?"

스튜어디스 이수현의 시선이 나를 스윽 살핀다.

쪽팔림에 고개를 푹 숙이는 나. 그런 내가 웃겼는지 이수현은 웃으며 말했다.

"알겠습니다, 회장님."

못난이로 낙인찍힌 나는 속으로 구시렁거리며 편한 옷으로 갈아입었다. 청바지와 셔츠, 카디건, 블레이저, 스니커즈 차림으로 갈아입었는데 이것도 마음에 안 들었는지 혀를 차는 박진성 회장이었다.

'그러는 자기는 얼마나 옷을 잘 입는…… 아, 시계 좋아 보인다.'

뭔가 번쩍거리는 손목시계를 보며 나는 내심 감탄했다.

*　　　*　　　*

약 12시간 정도 비행한 끝에 코펜하겐 공항에 도착했다. 현지 시각으로 오후 4시경이었다.

박진성 회장은 대외적으로 보여야 할 공식 일정을 위해 따로 움직였다. 홀로 공항에 남겨진 나는 미아가 된 기분을 느끼며 불안해하다가 스튜어디스 이수현의 안내를 받았다.

"이쪽으로 오십시오."

"네."

나는 병아리처럼 쭐레쭐레 이수현을 쫓아다녔다.

이수현은 나를 이끌고 공항에서 나와 택시를 타고 움직였다. 중년의 택시기사에게 뭐라고 하는 그녀의 말을 나는 하나도 알아들을 수가 없었다.

택시를 타고 가면서 나는 창밖으로 보이는 생소한 풍경의 생소한 사람들을 멍하니 구경하였다.

코펜하겐.

난생처음 밟아보는 유럽 땅이었다.

*　　　*　　　*

택시를 타고 20분 정도 달린 끝에 코펜하겐의 중심부에 있는 한 거리에 도착했다.

"스트뢰에 거리입니다."

스튜어디스 이수현이 친절하게 설명을 해주었다.

유럽에서 가장 긴 보행자의 거리이자 코펜하겐의 쇼핑 중심지라고 한다. '스트뢰에(Strøget)'라는 말 자체가 덴마크어로 '걷다'라는 뜻이라나?

오래된 건물들이 늘어서 있어서 옛 모습이 그대로 간직된 거리였다. 19세기에 온 것 같은 착각이 느껴질 정도였다.

이수현을 따라다니며 나는 관광 겸 쇼핑을 하기 시작했다.

이수현은 그야말로 나를 머리부터 발끝까지 바꿔 나가기 시작했다.

스마트폰으로 검색하더니 헤어숍을 찾아가 내 머리부터 깔

끔하게 자르고, 브랜드 매장을 끌고 다니며 투 버튼 슈트 한 벌과 셔츠, 구두를 샀다. 평상시에 입을 수 있는 사복도 마구 사재껴서 내 손에 쇼핑백이 한가득 들리게 되었다.

그런데 때마침 로밍을 한 스마트폰에 메신저가 도착했다.

[유민정∧∧＊: 오빠! 골랐어요. 비교적 싼 것 중에서 튼튼한 걸 골랐어요. 저 간이 작아서 비싼 건 못 고르겠어요. ㅠㅠ]

민정이 보내준 사진 속 손목시계는 백만 원대의 스위스제 브랜드의 시계였다. 확실히 튼튼한 품질로 유명한 브랜드이긴 했다.

'의외네.'

나는 피식 웃었다.

신 난다고 값비싼 명품을 권유할 줄 알았는데, 경제적인 개념을 있는 모양이었다.

나는 답장을 보내주었다.

[나: ㅇㅋ 지금 사러 간다!]

[유민정∧∧＊: 사고서 사진 찍어 보내줘요.]

[나: ㅇㅇ]

쇼핑의 거리라 그런지 그 시계 브랜드의 매장도 근처에 있었다. 물론 시계는 내 돈으로 구입했다.

그나저나 지금껏 사재긴 옷들은 가격이 한두 푼이 아닐 텐데?

"이것들은 다 회장님이 사주시는 건가요?"

"네, 제 카드 아니니 걱정 마세요."

그렇게 말하며 활짝 웃는 이수현. 민정이만큼은 아니어도 귀여운 여자였다.

고가 브랜드의 슈트는 확실히 착용감부터가 달랐다. 슈트는 불편한 옷이라고 생각했는데, 몸에 맞는 제대로 된 슈트를 입으니 어떤 옷보다도 편안했다.

'이게 나라니!'

전신거울에 비친 내 모습을 감상하며 나는 감탄했다.

체력보정의 힘인가.

탄탄한 어깨와 군살 없는 복부, 날렵한 허리, 길고 튼튼한 다리가 몸에 잘 맞는 슈트로 인해 강조되어 있었다.

이렇게 멋진 디테일이라니, 지금이 내 평생 가장 멋진 순간이리라.

"정말 확 바뀌셨네요."

이수현도 함께 보며 감탄을 하는 눈치였다.

"좋은 옷으로 잘 골라주셨네요. 저 때문에 고생하셔서 어떡하죠?"

"아닙니다. 몸이 워낙 좋으셔서 재미있었어요."

어느덧 해가 지고 저녁 7시가 되었다.

곧 있으면 약속 시간이었기에 이제 가봐야 했다.

스트뢰에 거리에서 나온 우리는 택시를 타고 호텔로 갔다.

호텔 앞에서 체크인을 한 이수현은 키 카드 한 장을 나에게 주었다. 카드에는 NO.2001이라고 쓰여 있었다. 20층에 있는 방이라는 뜻이겠지.

호텔 지하 1층 레스토랑에 나를 데려다 준 이수현은 작별을 고했다.

"여기서 기다리시면 약속한 분을 만나실 수 있을 겁니다."

"돌아가시게요?"

"네, 이 호텔에 체크인했거든요. 그럼 이만."

그렇게 이수현은 나에게 공손히 고개 숙여 인사한 뒤에 사라졌다.

'아······.'

조금 아쉬웠다.

그녀에게 어떤 감정이 생긴 게 아니다. 난 지금 사방에 외국어 쓰는 외국인밖에 없는 곳에 혼자 있는 것이다!

"현호 킴?"

때마침 레스토랑의 남자 종업원이 내게 다가와 물었다. 나는 고개를 끄덕였다.

종업원은 뭐라고 하며 나에게 따라오라고 했다.

종업원은 레스토랑 가장 안쪽의 룸으로 나를 안내했다.

노크를 하자 안에서 젊은 사내의 음성이 들렸다.

"들어오시오."

나는 깜짝 놀랐다.

한국말이 아니었다. 아니, 지구에 존재하지 않는 언어였다. 그러나 나는 알아들을 수 있는 언어는 하나뿐이었다.

'아레나의 언어다!'

숲에서 마을 주민들이 쓰던 그 언어였다. 룸 안의 남자는 나와 같은 시험자였다.

문을 열고 안으로 들어섰다.

"반갑소."

금발의 미남자였다.

명문가의 귀공자라는 이미지에 이처럼 잘 어울리는 남자는 없으리라 싶었다.

나이는 나보다 약간 더 많을 것 같았다. 물론 서양인은 더 나이 들어 보이니 듣기 전에는 알 수 없었다.

"시험자 김현호입니다."

"오딘이오."

오딘?

북유럽 신화의 그 오딘?

"코드명 같은 겁니까?"

"하핫, 그렇소. 아레나에서 쓰는 내 이름이기도 하지."

"그렇군요. 오딘 씨라 부르겠습니다."

"그러시오. 그나저나 회장으로부터 사정을 들었소. 이제 겨우 3회차인데 난처한 상황에 처하셨다고."

"예."

"당신을 돕는 것은 쉽기도 하고 어렵기도 하오."

아리송한 말투를 쓰는군. 저 말투에 말려들고 싶지는 않다.

"쉽다는 건 제가 3회차에 불과해서 시험의 난이도가 오딘 씨의 입장에서는 어려울 게 없다는 뜻이겠지요?"

"그렇소. 그럼 어려운 이유는 무엇일 것 같소?"

아기 천사도 그렇고 정말 퀴즈 좋아하는 인간이 많군.

나는 간단히 대답했다.

"4회차에서 무슨 시험을 받을지 알 수 없기 때문이겠죠."

"맞소."

오딘은 마치 기특하다는 얼굴로 날 보며 고개를 끄덕였다.

"그렇다고 낙심은 마시오. 나는 어떻게든 당신을 돕고 싶으니까."

박진성 회장이 지불하기로 한 대가 때문일까?

글쎄, 대가로 줄 돈이 100억 원이라고 했지.

하지만 어쩐지 오딘이라는 이 남자에게 100억은 그리 큰 돈 같지 않다는 생각이 들었다.

태도와 말투에서 여유가 느껴지기 때문이었다.

시험이라는 무거운 짐을 짊어졌음에도 전혀 그늘이 없는 모습에서 거물의 분위기가 풍겼다.

"난 18회차 시험자요."

18회차?

의외였다.

그럼 19회차를 넘긴 유지수 팀보다도 밑이 아닌가.

내 생각처럼 거물이 아니었단 말이야?

"그리고 한 번도 시험에 실패한 적이 없었지."

"아!"

그렇다면 얘기가 달라진다.

한 번도 실패의 패널티를 짊어지지 않았고, 매번 성공해서 보상을 받았다면 엄청난 강자가 됐을 것이다.

"아레나에서 김현호 씨가 계시는 위치는 아마 불귀의 숲과 갈색산맥의 경계라고 생각되오."

"불귀의 숲이요? 그 숲이 불귀의 숲입니까?"

"최근에 그런 명칭이 붙었소. 그 숲에 간 사람은 아무도 살아 돌아오지 못한다더군. 솜씨 좋은 모험가나 괴물을 사냥하는 용병들도 못 돌아오는 경우가 빈번해서 그런 이름으로 불리기 시작했소."

돌아오지 못한다?

그 순간 나는 실버 씨족이 떠올랐다.

"목장인가……."

"목장?"

무심코 중얼거린 내 말에 오딘이 궁금해했다.

굳이 숨길 일이 아니었으므로 나는 3회차 시험에서 겪을 일을 들려주었다.

오딘의 안색이 굳었다.

"그게 정말 라이칸스로프요?"

"그렇습니다. 은빛 털을 가진 놈들이었지요."

"그건 절대로 보통 라이칸스로프가 아닌데. 한국아레나연구소가 어째서 오판을 했는지 이해되는군."

나는 이어지는 오딘의 설명을 잠자코 기다렸다.

"라이칸스로프는 인간과 동등한 지능을 지녔고 심지어 인간의 모습으로 변신할 수도 있소. 이 점만 들어보면 인류에 강대한 위협이 될 것 같지 않소?"

"그렇군요."

나도 동의했다.

놈들이 인간으로 변신해서 인간의 사회에 스며든다면?

인류 사회의 어둠 속에서 기생하며 번식하고 힘을 기른다면?

그렇게 상상해 본다면 라이칸스로프는 어떤 괴물보다도 인류의 위협이 될 공산이 컸다.

"하지만 라이칸스로프는 생각보다 위협적인 괴물이 아니오. 왜인 줄 아시오?"

나는 실버 씨족의 수장 레온 실버를 떠올렸다.

인간의 무기인 활과 방패를 쓰며 우리를 심리적인 부분부터 공략해 왔다.

레온 실버를 떠올리자 그 답을 알 것 같았다.

"인간의 문물과 생활방식을 배척하고 맹수로서의 본성을 더 추구하는 게 아닐까요? 보통은……."

"하하핫!"

오딘은 유쾌하게 웃었다.

"틀렸나요?"

"천만에. 완전히 정답이오. 당신은 정말 똑똑하군."

나는 안도했다.

적어도 도와줄 가치도 없는 무능한 애송이 시험자로 보이지 않아서 다행이었다.

"어쨌든 얘기를 들어보니 당신의 다음 시험이 무엇일지 대충 짐작이 되는군."

"경청하겠습니다."

"그 라이칸스로프 씨족이 관련된 시험일 가능성이 매우 높소."

"……?"

이미 불귀의 숲에서는 탈출했는데?

이제 와서 또 그 숲에 들어가 실버 씨족과 싸우라는 시험이 나오겠는가?

"첫 시험이 무엇이었소?"

"레드 에이프를 죽이는 시험이었습니다."

"2회차 시험은?"

"……레드 에이프 부족으로부터 일주일간 살아남는 시험이었습니다."

"보통 그런 식이오. 한 번의 시험으로 끝나지 않고 다음 시험으로 연계되는 경우가 많지. 마치 인연과도 같소."

"……?"

"잠깐 만나고 헤어졌다고 그 인연이 끝나는 것은 아니잖소. 시험도 비슷하오."

인연이라……. 동양적인 사상을 잘 알고 있는 백인이군.

"그럼 얘기가 쉬워지는군. 당신의 4회차 시험이 무엇일지는 모르나, 나는 두 가지 도움을 주겠소."

"말씀하십시오."

"첫째로 군대를 보내 실버 씨족을 토벌하겠소."

"······예?"

군대?

내가 지금 잘못 들었나?

오딘은 씨익 웃었다.

"내 소개가 너무 부족했음을 인정하겠소. 나는 한스 오딘 백작이오."

'백작이라니!'

나는 경악하여 입을 쩌억 벌렸다.

놀랍게도 오딘은 아레나에서 귀족의 신분을 획득했다. 백작이라는 높은 작위와 다스릴 영지를 소유한 것이다.

그러자 나는 '목장'이 떠올랐다.

"실례지만 혹시 그곳에서 높은 세금을 징수한다는 영주가······."

"오우, 천만에."

오딘은 손을 흔들며 강하게 부정했다.

"그건 이웃 영지의 바스티앙 자작 얘기요. 난 그런 불명예스러운 짓을 하지 않소."

"죄송합니다."

"아니오. 시험자들 중에서 아레나의 사람들을 벌레목숨처럼 여기는 개자식도 많으니까."

나는 내심 찔렸다.

시험 클리어를 위해 마을 주민 전부를 미끼로 갖다 바친 전적이 있으니까.

"사람을 해치고 몸속에서 마정을 빼 가는 쓰레기 살인마들이 있소. 특히 중국의 시험자들이 으레 그러더군. 돈에 미친 새끼들이야."

"사, 사람에게도 마정이 있습니까?"

나는 기겁하여 물었다.

오딘이 말했다.

"당연하잖소. 사람도 많은 마나를 보유한 생명체의 하나요. 마나가 응집되어서 마정이 갖고 있지."

오딘은 분개하며 열변을 토했다.

중국은 국가 차원에서 차세대 에너지원인 마정 획득에 열을 올리며 시험자들에게 아레나 사람을 사냥해서 마정을 얻는 것을 권장했다.

"중국 놈들은 실수를 하는 거요. 당장은 그따위 짓으로 마정을 잘 모으고 있지만 결국은 힘을 가진 시험자들을 기꺼이 살인을 할 수 있는 놈들도 키우고 있는 거요."

그런 짓을 한단 말이야?

나는 섬뜩함을 느꼈다.

카르마 보상으로 강한 힘을 얻는 시험자가 이득을 얻기 위해 살인을 하는 걸 익숙하게 여기면 어찌 될까?

"이야기가 딴 데 샜군. 아무튼 군대를 보내 실버 씨족을 토벌케 하겠소."

"감사합니다."

"그리고 또 하나는 유용한 아이템을 하나 선물하는 게 좋겠군."

그러면서 오딘은 두 손을 내밀며 말했다.

"착용."

그러자 오딘의 손에 검정색의 아주 얇은 장갑이 끼워졌다.

오딘은 장갑을 벗어서 나에게 주었다.

"쓸 만할 거요."

준다니까 나는 사양 없이 냉큼 받았다.

만져 보니 재질이 묘했다. 비단처럼 부드러운데 금속 같은 단단함이 함께 느껴진다.

그러면서 묘하게 살에 달라붙는 끈적끈적한 느낌도 든다.

"아라크네의 거미줄을 짜서 만든 장갑이오."

"아라크네?"

한국아레나연구소에서 제공한 도감에서 본 것 같았다. 거대한 괴물 거미였다.

"마법처리로 거미줄의 끈끈한 점성을 완화시키고 장갑으로 짠 물건이오. 마법처리 때문에 비싸긴 하지만 칼도 들지 않을 정도로 내구력이 좋지."

"아……."

"맨손 격투에도 좋고 무기를 들고 싸워도 좋소. 특유의 점성이 남아 있어 손에 쥔 무기를 잘 안 놓치게 되거든."

나는 설명을 들으며 장갑을 살폈다.

"아이템에 대한 설명은 석판으로 보면 되오."

오딘이 조언을 해주었다.

그의 말대로 나는 석판을 소환한 뒤에 말했다.

"이 장갑에 대해 설명해 줘."

그러자 석판에 글씨가 꿈틀거리며 바뀌었다.

—아라크네 장갑: 아라크네의 거미줄을 마법 처리해서 짠 장갑입니다. 강한 내구력으로 손을 보호합니다. 불과 오러에 약합니다.

요즘 복싱을 배운 나에게 아주 좋은 아이템이었다. 이건 카르마로 환산하면 얼마나 될까?

"감사합니다."

"이 정도면 충분할 것 같지만 혹시 모르는 일이오. 내 예상과 달리 라이칸스로프와 관련이 없는 시험이 나올지도 모르니까."

"그땐 어찌해야 할까요?"

"실패해도 상관없으니 무조건 살아남으시오."

오딘은 단호하게 말했다.

"살아남기만 한다면 5회차에서 실패했던 시험을 내가 도와주겠소. 실패한 시험은 다시 받는다고 하니 그때는 더 확실하게 도울 수 있지 않겠소?"

"저, 한 가지 물어봐도 되겠습니까?"

"얼마든지."

"왜 저를 도우시는 겁니까?"

물론 박진성 회장에게 100억을 대가로 받기로 한 게 있긴 하다. 하지만 아무리 봐도 난 오딘이 그 100억 때문에 움직일 남자 같지 않았다.

　시험자의 신분으로 아레나에서 영주까지 된 거물이었다.

　그만한 실력이라면 어느 국가기관에 소속이 되어도 그만한 몸값을 벌 수 있을 거라고 생각된다.

　"왜일 것 같소?"

　"……."

　오딘은 또 나에게 퀴즈를 낸다.

　'좋다. 퀴즈라면 맞춰주지.'

　나는 차분하게 생각을 했다.

　그는 진성그룹 박진성 회장에게 부탁을 받았다.

　아마 박진성 회장은 노르딕 시험단뿐만 아니라 한국아레나 연구소 등 각국의 주요 기관을 후원하면서 관계를 구축했을 것이다.

　그만큼 자기 병을 고치는 데 필사적인 것이다. 하지만 협력 관계인 박진성 회장의 부탁이라서 거절할 수 없다?

　'그건 아니야.'

　오딘 같은 거물 시험자를 상대로는 천하의 박진성 회장이라도 갑을관계가 달라진다.

　절박한 쪽은 박진성 회장이니까.

　오딘은 박진성 회장의 유일한 거래 수단인 재물이 그리 필요하지 않으니까.

'그렇다면…….'

박진성 회장을 떠올리자 한 가지 답이 도출되었다.

"실례지만 혹시 가족분들 중에 몸이 편찮으신 분이 계십니까?"

오딘은 미소를 지었다.

"김현호 씨, 당신과는 앞으로도 좋은 관계가 될 것 같소. 그러길 원하고."

나는 내가 정답을 맞혔음을 깨달았다.

"참 웃기지 않소?"

"무엇이 말입니까?"

"또 다른 세계, 천사, 시험, 카르마, 모든 것이 비현실적인데, 시험자인 우리나 그렇지 않은 박진성 회장이나 혹은…… 아직 어린 내 딸이나 모두 살고 싶다는 명제로 귀결되니 이는 세상의 이치잖소."

"따님이……."

"아직 심각하지 않소. 하지만 먼저 세상을 떠난 아내와 같다더군."

"……."

아마도 어떤 유전적인 병인 모양이었다. 나는 굳이 캐묻지 않았고 오딘도 더는 말을 아꼈다.

오딘은 나에게 전화번호를 하나 가르쳐 주었다.

"필요할 땐 연락하시오."

"그러겠습니다."

그렇게 나는 오딘과 작별했다.

나는 엘리베이터를 타고 20층으로 올라갔다.

그런데 복도에 들어섰을 때 나는 깜짝 놀랐다.

어째 호텔 복도에 보이는 문이 네 개밖에 없었다. 한 층에 방이 굉장히 많아야 할 큰 호텔인데 말이다.

설마?

나는 키 카드로 문을 열고 안으로 들어갔다.

……광활한 스위트룸의 내부 정경이 펼쳐졌다.

박진성 회장이 내 숙소로 스위트룸을 잡아준 것이다.

물론 아랫사람이 알아서 했겠지만 그만큼 나를 중요하게 여긴다는 뜻이었다.

예쁜 티 테이블이 놓인 테라스에서 내려다보이는 코펜하겐의 야경이 아름답게 다가왔다.

낮에 이수현과 잔뜩 쇼핑한 옷을 벽장에 정리해 놓고 보스턴백에서 대충 편히 입을 수 있는 트레이닝복으로 갈아입었다.

벗어둔 슈트를 정리하려는데 문득 재킷 안주머니에 뭔가가 들어 있는 게 느껴졌다.

손을 넣어 꺼내 보니 곱게 접힌 종이쪽지였다.

수성 펜으로 쓴 여자의 예쁜 손 글씨가 적혀 있었다.

[이수현 010—****—****]

'헉.'

이건 설마!

그 유명한, 전설의, 그동안의 내 인생과는 전혀 상관없는 줄 알았던⋯⋯.

'나 지금 유혹당한 거야? 전용기 스튜어디스한테?'

나는 이수현을 떠올렸다.

진성그룹 회장 전용기의 스튜어디스. 쇼핑할 때 보니 명품을 고르는 안목도 센스도 있었고, 여러 언어를 마스터한 능력 있는 여자였다.

그런 여자한테 유혹을 받다니! 내 29년 인생에 이런 날이 올 줄이야!

깊은 감동을 느낀 나는 그 쪽지를 스마트폰 카메라로 찍어서 민정에게 메신저로 전송했다. 인증 샷!

[나: 오빠가 이 정도야.]

반응은 곧바로 나타났다.

[유민정∧∧＊: (화난 이모티콘) 뭐예요, 이거! 언년이야!]

화난 이모티콘과 함께 노발대발하는 민정이 너무나 귀여웠다. 나는 낄낄거리며 계속 메시지를 보냈다.

[나: 아, 외로운 코펜하겐의 밤이다. 너무 외로워서 유혹에 빠질 것 같아.]

[유민정∧∧＊: 안 돼요! 빠지지 마요. ㅠㅠ]

[나: 그럼 내가 흔들리지 않게 네 매력을 어필해 봐 기대할게. ∧∧]

[유민정∧∧＊: 잠만 기다려요!]

이윽고 민정은 귀여운 셀카 사진을 보내왔다. 웃는 모습이 귀엽긴 했지만, 이걸로는 부족하지.

[나: 겨우 이거야?]

[유민정∧∧＊: 안 귀여워요?]

[나: 귀여운 걸로 충분하다고 생각했다니…….]

[유민정∧∧＊: ─_─· 잠만 기다려요.]

그때부터 민정은 옷을 하나씩 벗은 셀카를 보내오기 시작했다.

'헉!'

끝내는 엄청난 수위의 사진이 도착했다. 본인도 부끄러웠는지 한 손으로 얼굴을 반쯤 가렸다.

보고 있기만 해도 아찔해서 하마터면 코피를 쏟을 뻔했다.

사진에 정신이 팔려 있는데, 민정이 메시지를 보냈다.

[유민정∧∧＊: 현지한테 이를 거예요. ㅠㅠ]

[나: 헐 ──]

[유민정∧∧＊: 너무 수치스러워서 더는 여자로 살 수가 없어요.]

[나: 갑자기 왜 이러니. ─_─]

[유민정∧∧＊: 협박해서 야한 사진 찍게 강요했다고 고자질할 거예요.]

[나: 그건 제발! 원하는 게 뭐니?]

[유민정∧∧＊: 오빠도 똑같은 사진 보내요.]

[나: …….]

그래, 상대가 어떤 내공을 가진 여자인지 깜빡했구나.

그날 밤, 나는 험한 꼴(?)을 당했다.

*   *   *

—오빠, 일어나요. 아침 7시예요.

민정의 목소리에 나는 부스스 눈을 떴다.

창문의 열린 커튼 사이로 햇살이 따스하게 쏟아지고 있었다. 침대 옆 탁자에 놓인 충전 중인 스마트폰에 민정의 얼굴이 보였다.

—오빠~ 굿모닝?

생글생글 웃고 있는 민정의 얼굴.

'아, 그랬지.'

민정이 자는 내내 날 감시하겠다며 와이파이로 연결되는 영상통화를 켜놓고 자라고 했다.

밤중에 몰래 이수현을 만나 바람을 피울까 봐 이런 일을 한 것이다.

"응, 굿모닝. 뭐 하고 있었어?"

—오빠 자는 얼굴 감상하고 있었죠.

"7시간 내내?"

—네, 저 정말 지극정성이죠?

"......"

—히히, 공부 중이었어요.

"공부?"

─요리 공부요. 오빠 맛있는 거 많이많이 해주려고요.

어쩜 저렇게 듣기 좋은 말만 쏙쏙 골라서 할까.

"그냥 참한 여자 코스프레하는 줄 알았더니 정말 열심히 하네?"

코스프레라는 말에 민정은 깔깔 웃었다.

─오빠한테 잘 보이려고 시작한 건 맞는데, 하다 보니 재미있더라고요.

"좋은 아내 되겠어."

─저 데려갈래요?

"어허, 아직 모르지. 나 비싼 남자야."

─쳇.

민정은 입술을 삐죽 내밀었다.

"대신 선물 사갈게. 뭐 갖고 싶은 거 있어?"

그러자 민정은 반색을 했다.

─있어요!

"뭐?"

─식칼 세트 좋은 것 좀 사다주세요.

"식칼?"

─식칼 되게 비싸요. 근데 좋은 거랑 나쁜 거랑 정말 다르더라고요.

"……민정아."

─네?

"조신한 척 그만하고 솔직하게 얘기해. 가방 사줘?"

민정은 자지러져라 웃었다. 그러나 끝까지 민정은 식칼 세트를 요구했다.

애가 정말 조신한 여자로 변신한 건지 아니면 아직도 나한테 잘 보이려고 연기하는 건지 알 수가 없었다.

영상통화를 마치고 박진성 회장에게 전화를 걸었다.

─볼일 끝났어? 그럼 돌아가지?

"네? 관광할 시간 좀 주셔야죠. 기껏 온 코펜하겐인데."

─코펜하겐에 볼 게 뭐가 있어? 그 시간에 나중에 스페인이나 가.

"매일 회장님께 불꽃을 드려야 하는데 스페인에 어떻게 가요?"

─아차차, 그도 그렇구먼? 에이, 그럼 8시에 호텔 앞에서 봐.

"관광시켜 주게요?"

─그래, 코펜하겐을 상징하는 중요한 거 하나만 보고 돌아가자.

"……알았어요."

적당히 샤워한 나는 어제 쇼핑한 옷으로 갈아입고 밖으로 나섰다.

8시가 되자 정확하게 박진성 회장이 나왔다. 수행원들 몇 명과 함께 나타난 박진성 회장은 나에게 고갯짓했다.

"가자."

"예."

"원, 촌놈이나 코펜하겐 와서 관광하겠다고 하지."

"……."

차를 타고 시내에서 내려서 목적지까지 걸었다. 걷는 길에 코펜하겐 왕궁과 처칠 공원, 항구 등을 볼 수 있었다.

그리고 마침내 목적지에 도착했다.

도착한 곳은 코펜하겐의 상징이자, 그 존재 하나로 매년 많은 관광객을 불러 모으는 대표적인 관광지.

바로 인어공주 동상이었다.

바위 위에 앉은 인어공주의 동상은 많은 관광객을 감동시켰다.

……라고 어느 블로거가 쓴 글을 본 것 같았다.

"이게 뭐예요?"

"뭐긴 뭐야?"

모여서 열심히 사진 찍는 관광객들의 숫자가 무색하게 거기에는 그냥 인어공주 동상 하나만 덩그러니 있었다.

"이거 보려고 관광객이 그렇게 많이 몰려든다고요?"

"그래, 이게 코펜하겐의 상징이야. 볼 게 없지."

"……."

"자, 됐지? 이제 가자. 나 바쁜 사람이야."

'요즘은 일이 없어 한가하다면서요?'

……라는 말이 입 밖에 나오지 않았다.

나는 기운 빠져서 축 늘어진 채 박진성 회장과 함께 돌아섰다. 그래도 공원은 동화처럼 아름다웠다.

어느새 근처까지 온 차량을 타고 코펜하겐 공항으로 갔다.

면세점에서 일본제 고급 식칼 세트를 하나 사고 전용기에 탑승했다.

한국에서는 그렇게 기자가 많았는데, 이곳에서는 박진성 회장을 귀찮게 하는 무리가 없었다.

"얘기는 잘됐어?"

"예."

"다음 시험 괜찮겠어?"

"모르죠."

"그게 뭐야? 확실히 말해봐. 내가 뭘 더 해주면 돼?"

"이 이상 해주실 수 있는 건 없어요. 이제 제가 하기 나름이 죠. 걱정 마세요. 느낌은 괜찮습니다."

4장

4회차 시험

최혁의 빠른 콤비네이션이 이어졌다.

나는 양손을 전광석화처럼 움직였다.

파파팟!

스토핑으로 최혁의 빠른 연타를 일일이 쳐냈다.

마지막에 최혁의 라이트 훅이 날아들었지만 위빙으로 피하고 짧은 어퍼컷으로 반격했다.

툭.

어퍼컷은 최혁의 턱을 살짝 쳤다. 제대로 후려쳤으면 다운될 게 분명했다.

최혁은 고개를 절레절레 내저었다.

"대단하시군요. 이제 제가 가르쳐 드릴 만한 게 없습니다."

"별말씀을요."

오늘은 20일로 주어진 휴식 기간의 마지막 날이었다.

나는 정타를 한 대도 허용하지 않고 최혁을 압도했다.

테크닉이 능숙한 최혁은 빠른 스피드로 화려한 콤비네이션을 펼쳤지만 모조리 막거나 피할 수 있게 되었다.

그동안 실력이 많이 늘었냐고? 맞다.

하지만 복싱 실력이 최혁을 능가하게 되었느냐? 그건 아니다. 이제 막 걸음마를 뗀 내 테크닉이 최혁을 따를 리 만물했다.

하지만 운동신경 초급 2레벨 덕에 여러 복싱 동작들이 빠르게 몸에 익었고, 무엇보다도 체력보정 초급 5레벨의 순발력과 반사 신경이 마침내 빛을 발했다.

순발력과 반사 신경이 압도적이다.

가벼운 잽 한 방에도 묵직함을 줄 수 있는 근력이 있다.

운동신경으로 정확한 동작이 몸에 익어 반사적으로 펼칠 수 있다.

이런 압도적인 조건하에서는 최혁이 아무리 능수능란해도 어찌할 도리가 없는 것이었다.

"아직 배우셔야 하는 게 많은데, 제가 이렇게 압도적으로 지니까 가르쳐 드리기가 민망하군요."

"아닙니다. 정말 잘 가르쳐 주신 덕분이고, 앞으로도 부탁드릴게요."

"예, 내일도 여기서 뵐 수 있었으면 좋겠습니다."

"……반드시 올 거예요."

점심이 막 지났을 무렵이었다.

나는 일찍 집에 돌아가기로 했다.

포르쉐 카이엔을 몰고 천안으로 돌아가면서 나는 민정에게 전화를 걸었다.

남자의 이기적인 욕망일까.

오늘이 마지막이 될 수도 있다는 생각이 들자 민정이가 보고 싶었다. 함께 시간을 보내고 싶다. 아니, 그녀를 안고 싶었다.

—여보세요?

"민정아."

—네, 오빠!

"오늘 일찍 돌아가게 됐는데 저녁에 볼까?"

—아이, 어쩌죠? 오늘 친구들 만나기로 했는데.

"현지?"

—아뇨, 요리학원에서 사귀게 된 친구들이에요.

"그래?"

—얘들 손이 되게 야무져서 제가 도움 많이 받거든요. 오늘 보답으로 밥 사기로 했어요.

"……그럼 어쩔 수 없네."

—힝, 미안해요. 내일 봐요. 내일 우리 재미있게 놀아요.

나는 쓸쓸하게 미소를 지었다.

"그래, 그러자."

―미안해요.

"괜찮아."

통화를 끊자 공허함이 밀려왔다.

왜 이렇게 쓸쓸한 걸까?

당연히 민정이 거절해서가 아니었다. 오늘이 주말도 아니고, 민정도 자기 삶이 있는 게 당연했다.

대뜸 보자고 볼 수 있을 리 없다.

집에 가면 여전히 가족들이 있을 것이다. 시험을 봐야 하는 것만 빼면 여전히 평소와 다름없는 하루다.

알바하고 돌아가면 비좁은 텅 빈 지하 원룸만 있던 백수 시절의 내가 아니었다.

그런데도 이렇게 외롭다.

먼저 죽은 세 사람의 얼굴이 뇌리를 스쳐 지나간다.

'그렇구나.'

이제는 함께 생사를 함께할 사람이 없어서였다.

시험자로서 함께 긴장과 두려움을 공감하고, 그걸 견디고 헤쳐 나갈 동료들이 이제는 없었다.

아무도 나의 두려움에 공감해 주지 않는다.

혼자 싸워야 한다.

고독한 싸움…….

이제는 곁에 아무도 없는 그곳으로 나는 또 가야 한다.

집에 도착했다.

평소와 똑같다.

엄마와 누나는 일 하러 가서 늦게 오고, 현지는 오전 수업만 하는 날인데도 아직 안 돌아오는 걸 보니 딴 데로 샌 듯했다.

'미리 준비해 둘까?'

아직 10시간이나 남았다.

하지만 달리 할 일이 없으니 미리부터 시험 준비를 하기로 했다.

한국아레나연구소에서 건진 배틀 슈트를 꺼내놓고, 카고팬츠와 트레킹화 등 야생에서 활동하기 좋은 옷을 골라놓았다.

벽장 구석에 숨겨놓은 7.62㎜ 탄 박스를 꺼냈다.

아이템백을 소환해 탄 클립을 차곡차곡 집어넣었다. 생수를 채워놓은 물병과 스위스 군용 다용도나이프도 챙겨 넣었다.

그런데 그때였다.

위잉― 윙―

스마트폰이 진동했다.

민정이었다.

'무슨 일이지?'

고독에 젖어 있던 나는 민정의 전화가 반가웠다.

"여보세요?"

―오빠!

"어, 민정아."

―약속 취소했어요.

"뭐?"

―오늘 오빠 볼래요.

"왜? 내일 봐도 되는데."

나는 살짝 떨리는 목소리로 물었다. 민정이 말했다.

—오빠 목소리가 왠지 쓸쓸하게 들렸어요. 오빠 별일 없는 거죠? 걱정 되니까 오늘 볼래요.

왈칵, 가슴에 따스한 감정이 올라왔다.

별 생각 없이 즐기자는 생각으로 사귀게 된 민정이었다.

4회차에서 살아남지 못하면 오늘로 끝나게 될 사이였다. 그래도 상관없다는 가벼운 마음가짐이었는데…….

그런데 지금 이 순간만큼은 민정이 너무 고맙게 느껴졌다.

곧 죽음과 싸우러 가야 할 나의 외로움을 알아주었다는 것만으로도 나는 뜨거운 감동을 느꼈다.

"내일은?"

—내일도 보고요, 히히.

나는 피식 웃었다.

"그래, 오늘도 보고 내일도 보자. 지금 어디야?"

—요리학원이요.

며칠 전에 한 번 간 적이 있었다.

"내가 갈게."

—진짜요?

"응, 기다려."

나는 꺼내둔 짐을 대충 침대 밑에 밀어 넣고 밖으로 나섰다.

빨리 보고 싶은 마음에 속도를 많이 냈다.

요리학원 앞에 도착해서 나오라고 메신저를 보냈다.

"오빠!"

민정이 잔뜩 들뜬 표정으로 달려 나온다.

나는 운전석에서 나와 민정을 와락 끌어안았다.

"어머, 오빠! 누가 봐요."

"보긴 누가."

"아까 말한 친구들이요."

"응?"

그제야 민정의 뒤를 따라 나온 친구들이 내 눈에 들어왔다. 민정과 비슷한 나이의 두 여자는 우리의 애정행각에 놀란 얼굴들이었다.

"아, 안녕하세요."

"안녕하세요."

나는 친구들과 어색하게 인사를 주고받았다.

"오늘 민정이 뺏어가서 죄송합니다."

"아니에요."

"되게 보고 싶으셨나 봐요. 어쩔 수 없죠, 호호."

키득거리며 우리를 놀리는 친구들.

나는 민망해졌지만 내공이 강한 민정은 뻔뻔스럽게 손을 흔들어 보인다.

"그럼 먼저 갈게. 오늘 우리 오빠가 너무 급해 보인다."

친구들이 깔깔 웃었다.

나는 얼굴이 화끈거리는 걸 참고 민정을 조수석에 태웠다.

차를 타고 향한 곳은 자연스럽게 민정의 집이었다.

민정은 새초롬한 표정으로 날 쏘아본다.

"정말 급했나 보죠?"

"미, 미안."

"흥, 남자들은 하나같이 하고 싶을 땐 외로워하더라."

"같이 있고 싶어서 그랬어. 우리 아무것도 하지 말고 그냥 같이 있자. 그거면 돼."

"으이그, 그런다고 정말 아무것도 안 하게요?"

"으잉?"

"남자가 뻔뻔하게 밝힐 줄도 알아야죠."

그만 멍해진 나를 뒤로 하고 민정은 차에서 내렸다.

"얼른 올라가요. 밥해줄게요."

"으, 응, 그래."

어째 민정은 벌써부터 날 들었다 놨다 하고 있었다.

오피스텔로 올라가 그녀가 해준 밥을 먹었다.

따스하고 찰 지게 잘 된 쌀밥을 한 그릇 푸고, 두부를 넣은 된장찌개와 김치, 김, 계란프라이로 반찬을 했다.

잘 배운 건지 원래 재능이 있었던 건지 하나같이 맛있었다.

식사가 끝나고 침대로 갔다.

벗고 안고 입 맞추고…….

구멍이 난 가슴을 계속 채우려는 것처럼 나는 끊임없이 그녀를 탐했다. 그런 나에게 보조를 능숙하게 맞춰주며 그녀는 연신 내 머리를 쓰다듬었다.

이상한 기분이다.

거칠게 그녀를 탐닉하는데, 도리어 그녀에게 보살핌을 받는 아늑한 느낌. 모든 욕망을 쏟아내고, 우리는 서로를 가만히 끌어안은 채 시간을 보냈다.

아직 여운이 가시지 않았는지 붉게 상기된 얼굴로 민정이 물었다.

"오빠, 무슨 일 있었어요?"

"아니."

"근데 오늘 왜 그래요? 평소랑 달라요."

나는 농담으로 얼버무렸다.

"원래 남자는 하고 싶을 땐 외롭잖아."

"86만 원짜리 선물로 맞아볼래요?"

86만 원짜리 선물이란, 내가 덴마크에서 사다준 일본제 명품 식칼 세트였다. 나는 킥킥 웃으며 그녀를 더 강하게 안았다.

"아이 참, 숨 막혀요."

핀잔을 하면서도 그녀는 빈틈없이 찰싹 밀착해 왔다. 처음부터 하나였던 것처럼 우리는 포옹을 했다.

"큰일이다."

"뭐가요?"

"네 말대로 되는 것 같아."

"……?"

"너한테 점점 미쳐 가는 것 같아."

그런 내 말이 기분 좋았는지 민정은 배시시 웃었다.

"말했죠? 그렇게 된다고."

"그러게. 이를 어쩌지."

"지금부터 미리미리 저한테 잘해야 할 걸요. 안 그러면 나중이 저한테 목매게 됐을 때 복수할 거니까."

민정의 귀여운 협박에 절로 웃음이 나왔다.

"잘할게. 그때 되면 나 좀 봐줘."

"홍, 쥐고 흔들고 들었다 놨다 할 거야. 비싼 선물 펑펑 바치게 하고."

"에이, 그러지 말고."

"나이트클럽 간다고 뻥치면서 애간장 타게 해야지."

"그건 정말 너무하잖아. 스토킹한다?"

우리는 이런저런 농담을 주고받으며 함께 웃었다.

시간 가는 줄도 몰랐다.

어느덧 10시였다.

한 시간밖에 안 남았다.

진즉에 돌아가서 준비해야 했는데, 민정이 계속 더 있으라고 붙잡는 바람에 여태 못 갔다.

실은 나도 민정과 함께 있고 싶었고 말이다.

1분 1초가 너무 아깝고 안타까웠다.

"이제 정말 가봐야겠다."

"그냥 내일까지 계속 같이 있어요. 네?"

이제는 민정이 날 붙잡는 형국이 되었다.

나는 욕망을 해소하니 태도가 바뀐 놈이 된 것 같아 몹시도 미안했다.

"민정아, 오늘 정말 급한 일이 있어서. 정말 미안. 나도 정말 같이 있고 싶은데."

"치, 이러기예요?"

"미안해. 내일 일 끝나고 곧바로 달려올게. 웅?"

"흥, 나중에 두고 보라지. 놀아달라고 애걸하게 만들어줄 거야."

다행히 삐친 건 아닌 듯 농담을 하는 민정이었다.

나는 마지막이 될지도 모르는 입맞춤을 해주고 옷을 입고 밖으로 나섰다.

집에 돌아와 준비를 마치고 침대에 누웠다.

시간이 되자 정신이 가물가물해졌다.

＊　　　＊　　　＊

"잘 쉬셨나요?"

아기 천사가 파닥파닥 날갯짓하며 나를 반겼다.

"오냐."

"오늘부터는 혼자서 시험을 보셔야 하는데, 생각보다 표정은 밝아 보이네요?"

"불만이냐?"

"네, 세상 모든 죄를 짊어진 것처럼 우중충한 얼굴을 기대했는데."

"확 그냥."

내가 혹을 날렸지만 놈은 잽싸게 피한다. 똥파리 같은 놈.

"천사더러 똥파리라뇨? 신성 모독죄로 벼락 맞을래요?"

"……."

남의 생각 멋대로 읽지 말란 말이야. 남 약 올리는 걸 좋아하는 주제에.

"시험은?"

"석판을 확인하시면 돼요."

나는 석판을 소환했다.

—성명(Name): 김현호

—클래스(Class): ㄱ

—카르마(Karma): ㅁ

—시험(Mission): 제한 시간 동안 갈색산맥의 엘프를 도와라.

—제한 시간(Time limit): 3ㅁ일

'엘프?'

차지혜에게서 받은 자료에서 본 종족이었다. 엘프를 도우라니, 정말 밑도 끝도 없다.

"힌트 좀 줘."

"힌트는 이미 받지 않았던가요?"

"뭐?"

"자자, 얼른얼른 출발하세요."

아기 천사는 시험의 문을 생성시켰다.

나는 한숨을 푹 쉬고는 문을 열고 들어갔다. 밝은 백색 빛무리가 눈앞을 하얗게 뒤덮었다.

*　　　　　*　　　　　*

3회차 시험이 끝났던 그 장소에 나는 도착했다.

불귀의 숲이 끝나고 거대한 산맥이 눈앞을 가로막고 있던 경계.

악몽 같은 숲에서 탈출하여 처절하게 교차하는 기쁨과 슬픔에 통곡했던 그 장소였다.

그때의 감정이 떠오르면서 나는 피가 들끓었다. 눈에 분노를 담아 동쪽으로 숲을 노려보았다.

저곳에 그놈들이 있다.

'반드시 복수하고 말겠다.'

나는 맹세하고는 반대편으로 돌아 갈색산맥으로 향했다.

엘프가 어디서 사는지는 모르지만 일단은 갈색산맥 중심부로 들어가 보기로 했다.

갈색산맥 중심부의 방향은 길잡이 스킬로 인해 감이 잡혔다.

'엘프들이라…….'

한국아레나연구소에서 챙겨온 자료에서 엘프에 대한 글을 읽은 적 있었다.

아무래도 인간 외의 다른 지성체 종족이라니 신기해서 호기심이 들었던 것이다.

엘프는 인간과 거의 동일하게 생겼지만 귀가 더 크고 피부가 하얗다고 한다. 백인처럼 하얀 게 아니라 정말 아무 색깔도 없는 것 같은 순백색 말이다.

숲, 산, 강, 바다 등 자연을 무척 사랑하며, 때문에 자연을 훼손하며 살아가는 인간을 싫어한다.

인간이 손을 뻗지 않는 오지에서 주로 살아가며 자신들의 영역에 인간이나 괴물이 들어오면 매우 예민하게 반응한다.

활을 잘 쏘고 정령술을 자유자재로 다루는데, 바로 내가 습득한 정령술이 엘프들의 전승으로 이어지는 고유의 비술이었다.

간혹 그들처럼 자연을 사랑하고 가꾸는 인간이 엘프의 친구가 되어서 정령술을 배우는 경우도 있었다고 하는데, 그 숫자는 아레나 전체 인구를 통틀어도 몇 되지 않는다.

'정령술을 가진 시험자가 나밖에 없다 해도 이해할 만하군.'

이번 시험은 바로 그 엘프를 돕는 일이었다.

그러려면 우선은 엘프에게 접근하여 신뢰를 얻어야 하는데, 인간 등 타 종족에 배타적인 그들과 가까워질 수나 있을지 걱정이었다.

다행인 점은 내가 정령술사라는 점.

자연을 사랑하는 엘프들이니, 대자연의 힘을 간직한 정령들도 좋아할 것이다.

'실프와 카사를 앞세우면 일단 적으로 간주되지는 않을 거야.'

나는 갈색산맥에 들어섰다.

경사는 가파르고 가끔 맨손으로 암벽도 타야 했다. 체력보정 덕분에 악력이 강해져서 오르는 데 문제는 없었다. 떨어진데도 실프를 소환해서 받아달라면 되니까.

아라크네 장갑이 큰 도움이 됐다. 맨손으로 날카로운 바위틈새를 잡는데도 하나도 아프지가 않았다.

"실프."

—냥?

암벽을 다 올라서 나는 실프를 소환했다.

"주변에 위험한 맹수나 괴물이 있나 살펴봐."

—냥!

실프는 쌩하니 날아갔다.

실프를 내버려 두고 나는 계속 걸음을 옮겼다.

잠시 후 돌아온 실프가 고개를 저었다.

"배설물이나 발자국 같은 흔적도 없었어?"

실프는 똑같이 고개를 저었다.

인적이 조금도 없는 이런 험한 산지에 맹수와 괴물이 없다는 뜻은…….

'다행이다. 엘프가 가까이에 살고 있는 모양이네.'

그럼 일단은 무심코 자연을 훼손하지 않도록 주의를 기울여

야지.

땔감에 쓰겠다고 나무를 썩둑썩둑 잘랐다간 노발대발하며 화살을 날리는 엘프를 볼지도 모르니까.

나는 걸음을 옮기면서 땅에 떨어져 있는 마른 나뭇가지를 주워 주머니에 넣었다.

주머니가 많은 카고팬츠라 상당히 많은 나뭇가지를 모을 수 있었다.

10분 정도가 지날 때마다 종종 실프와 카사를 소환했다. 주변 정찰 때문이 아니었다.

혼자 걸으려니까 심심하거든.

―야옹!

―왈왈!

내 양쪽 어깨에서 자리 잡은 두 녀석은 머리 위를 놓고 치열하게 자리싸움을 했다.

먼저 사뿐히 머리 위에 올라간 실프가 앞발로 마구 펀치를 날렸지만, 카사는 머리를 들이밀며 밀어붙여 떨어뜨리는 데 성공했다.

실프는 꼬리로 카사의 다리를 잡아당겨 떨어뜨린 후 자리의기양양하게 올라갔다.

카사는 득달같이 점프해 실프의 몸 위를 덮쳤다.

아웅다웅 다투는 두 녀석이 나를 즐겁게 했다.

걷다가 토끼 똥을 발견했다.

실프를 시켜서 사냥하라고 시키니 5분도 되지 않아서 토끼를 잡아왔다.

'여기서 쉬었다 갈까?'

주워 모은 나뭇가지들로 불을 피웠다. 토끼를 손질하고 구우려 했는데, 큼직한 땔감이 없어서 그런지 화력이 약했다.

"카사, 구워줘."

—멍멍!

카사는 똥을 싸듯이 힘주는 표정을 짓더니 이윽고 불꽃을 일으켜 토끼를 한순간에 구워 버렸다.

화르륵!

실프를 시켜서 먹기 좋게 토막 내고 뜯어먹으니 아주 잘 익었다. 불의 정령다운 솜씨였다.

소환 시간을 아끼기 위해 두 정령을 돌려보내고 식사를 했다.

'이럴 때를 위해 챙겨온 게 있지.'

"아이템백 소환."

아이템백이 나타나 내 어깨에 걸렸다.

안에서 조그만 비닐봉지를 꺼냈다. 그 안에는 맛소금과 후추를 섞은 조미료 한 줌이 담겨 있었다.

조미료를 살짝 뿌려가며 먹으니 고기가 더 맛있었다.

카사가 기막히게 잘 구운 덕에 육즙도 그대로 남아 있었고, 그야말로 아레나에서 먹어본 최상의 식사였다.

물론 민정의 요리만큼은 아니었다.

'벌써 보고 싶네.'

밖에서 데이트를 즐기다가 민정의 오피스텔로 돌아오면 잠자리를 갖기 전에 꼭 밥을 해주곤 했다.

그냥저냥 평범했던 민정의 요리 솜씨는 구사할 수 있는 레시피가 늘면서 일취월장했다.

특히 동태를 세 장 뜨기로 손질해서 계란, 당근, 버섯 등의 야채와 함께 어선을 만들어 보였을 땐 깜짝 놀랐었다.

한숨이 나온다.

'앞으로 30일간 못 보겠구나.'

민정을 만난 게 실수였을까. 혼자 있을 때는 몰랐던 외로움을 이제는 곧잘 느끼게 된다.

이제 팀원도 없어서 고독에 익숙해져야 하는데 말이다.

하늘에 노을이 지기 시작했다. 좀 더 이동할까, 오늘은 그냥 여기서 일찍 쉴까 고민이 들었다.

그런데 그때였다.

"움직이지 마라, 인간."

등 뒤 멀리서 웬 남자의 음성이 들렸다.

깜짝 놀라 반사적으로 소리쳤다.

"무장!"

손에 모신나강이 나타났다.

"움직이지 말랬다."

다시 들려오는 남자의 경고.

'실프를 소환해서 공격할까?'

일방적으로 목숨을 위협받는 상황은 별로 달갑지 않았다.

하지만 그러지 않기로 했다.

나는 모신나강을 땅에 내려놓고 두 손을 들어보였다.

"전 싸울 의사가 없습니다."

"그건 내가 정한다."

아, 그러셔?

살짝 울컥했지만 참기로 했다. 상대가 누군지 알기 때문이었다.

엘프가 틀림없었다.

나를 인간이라고 부른 점만 봐도 알 수 있다.

"그래도 가만히 있어라."

바로 등 뒤 가까이에서 들리는 목소리에 나는 깜짝 놀랐다. 발소리가 안 났는데 언제 이렇게 가까이 다가왔지?

마치 그림자처럼 다가온 엘프는 무언가를 살펴보는 듯 아무런 움직임도 없었다.

뒤를 돌아볼 수가 없어서 답답하다.

"나무를 훼손하진 않았군."

엘프 남자는 안심한 목소리로 말했다.

"떨어진 나뭇가지를 모았죠."

"기본 예의는 아는 인간이군. 태도로 보니 이곳에 우리의 영역이라는 것을 알면서도 온 것이냐?"

"예."

"용건이 뭐냐? 우리는 인간의 방문을 원치 않는다."

"친구가 되고 싶습니다."

엘프 남자는 코웃음을 쳤다.

"너희는 악인이든 선인이든 늘 친구로 행세하며 접근하지. 일전에 침입했던 파렴치한 놈들도 그랬어."

"어떤 파렴치한 놈들이었죠?"

"우리 일족의 아이를 납치하려 했다."

'인신매매?'

그것도 자료에 있었다.

아레나의 인간들은 간혹 엘프를 납치해서 노예로 쓰기도 한 다고 했다.

외모가 아름답기에 관상용이나 성노예로 쓰기도 한다고 했 다.

거의 모든 국가에서 법으로 금지했지만, 내로라하는 귀족가 문은 부의 증거로 값비싼 엘프 노예를 두고 자랑스러워한다 지?

그 때문에 인간에 대한 엘프의 감정은 기피에서 경멸로 바 뀌어가고 있다고 한다.

하필은 엘프를 전문적으로 노리는 놈들이 얼마 전에 나타났 던 모양이었다.

"다행히 실패했나 보군요."

"잘게 다져 나무 비료로 만들었다."

아무렇지 않은 목소리로 한 말이라 더 으스스했다. 위협이 아니라 정말로 그렇게 했다는 걸 가르쳐 주는 말투였다.

"하지만 그 가여운 아이는 마음에 큰 상처를 입었지."

"그래도 무사해서 다행입니다."

나는 계속 우호적인 말로 대꾸했다.

"다섯 놈을 쫓아가 사살한 장본인이 나다. 그러니 인간, 넌 나를 속일 생각도 대적할 생각도 하지 마라."

"하지 않습니다."

"용건을 말해봐."

"엘프의 친구가 되고 싶습니다."

"편견에 휩싸여 마냥 그 말을 거짓말로 매도할 수만도 없지. 그 점을 감안하여 답하겠다. 그냥 돌아가라. 우리는 친구를 원치 않는다."

"……."

"분명히 우리의 입장을 말했다. 그러니 지금 내 눈앞에서 일어나 돌아가라."

어쩌지?

다행히 적으로 간주되지는 않았는데, 태도가 너무 배타적이다.

나는 일단 시키는 대로 자리에서 일어났다.

그대로 떠나기 전에, 나는 혹시나 싶어 실프를 소환했다.

"실프."

―냐앙?

사뿐히 머리 위에 앉은 실프.

"아니?!"

엘프 남자의 놀란 목소리가 들렸다.

"인간, 그건 정령이냐?"

"예."

"정령술을 익혔나?"

"보다시피 말이죠."

"어떻게 이럴 수가!"

"그렇게 신기한 일인가요?"

"그보다는 기적이다!"

"……?"

기적이라고 할 것까지는 없는 일 아닌가? 아레나 사람 중에는 아주 드물게 정령사가 있다고 들었는데.

이어지는 엘프 남자의 말.

"고양이라니, 이렇게 귀엽고 사랑스러운 실프라니! 이건 말도 안 돼! 존재 자체로 기적이야!"

"……네?"

"자, 실프를 잠깐 이리 다오! 어서!"

"시, 실프. 들었지?"

—냥.

실프는 사뿐히 내 머리 위를 박차고 엘프 남자에게 갔다.

나 역시 뒤를 돌아보았다. 비로소 엘프 남자의 모습이 보였다.

190㎝가 넘는 장신.

호리호리한 체격.

아무런 색소도 없는 눈부시게 하얀 피부.

길쭉한 귀.

어깨에 걸고 있는 활과 화살통.

듣던 대로 빼어난 외모를 가진 엘프 남성은…….

—냐앙~

"이렇게 귀여운 수가! 이런 기적이 있을 수가!"

실프를 끌어안고 뺨을 부비고 난리법석 호들갑을 떨고 있었다.

'아까의 위험한 기백은 다 어디로 간 거냐?'

자료에는 없던 정보를 하나 알게 되었다. 엘프들은 정령을 좋아한다. 그걸 넘어서서 그냥 정령 바보들이다.

실프도 본능적으로 엘프를 좋아하는 것일까? 엘프 남자에게 같이 뺨을 부비며 애정표현을 했다.

나는 저 남자의 반응이 궁금해서 카사까지 소환했다.

"카사."

—멍!

뿅 하고 나타난 불타는 작은 강아지.

"허억!"

엘프 남자의 두 눈이 부릅떠졌다.

"인간, 넌 정체가 뭐냐!"

"예?"

"실프에 이어 어떻게 카사까지 그렇게 귀여운 녀석으로 데리고 있는 것이냐! 대자연의 축복을 받았냐!"

"그, 그런가요?"

엘프 남자는 카사도 끌어안고 난리를 피웠다.

차지혜가 엘프가 되고 남자가 된다면 저 작자가 되지 않을까 싶었다.

"저기…… 전 이제 가야 하나요?"

"가긴 어딜 가?"

엘프 남자는 돌변한 태도로 나를 황당하게 만들었다.

"넌 친구다! 자격이 있어! 어머님들께 말씀드려서 널 소개해야겠다!"

인간에게 배타적인 엘프의 태도에 대해 걱정했던 것이 무색해졌다. 일이 쉽게 풀린다는 예감이 들기 시작했다.

5장

엘프

엘프들이 모여 사는 마을은 동화 속의 세계와 같았다.

직물로 짜인 튼튼한 천으로 커다란 나무에 걸쳐 만든 집들이 사방에 보였고, 온갖 모양의 정령들이 날아다녔다.

실프나 카사는 물론 물의 정령 운디네와 땅의 정령 노움 등이 다양한 모양새를 띠었다. 작은 소녀 모습도 있었고 팅커벨처럼 생긴 정령도 있었다.

"어?"

"인간이다!"

"인간이야!"

"제이크 아저씨가 데려왔나 봐."

정령들과 함께 뛰어 놀던 자그마한 어린 엘프들이 하는 일을 멈추고 나를 바라보았다.

호기심과 두려움이 반씩 섞인 초롱초롱한 어린 눈빛들.

'귀엽다!'

저런 자식을 낳고 싶다는 생각이 불쑥 들 정도로 어린 엘프들은 귀여웠다. 저런 애들을 납치해 팔려고 하다니, 정말 괘씸한 놈들이다.

'인면수심한 놈들. 비료로 만들어버린 건 정말 잘한 일이야.'

어린 엘프들은 얼마 전에 있었다던 납치 미수 사건 때문인지 두려워하는 기색도 보였다.

쟤네들한테도 실프와 카사를 보여줄까? 그럼 호감을 살 수 있을 텐데.

그런 생각을 하고 있을 때, 제이크라 불린 엘프 남자가 나를 채근했다.

"뭐 하나? 어서 따라와라!"

"아, 예."

나는 제이크의 뒤를 쫓아갔다.

키가 커서인지 원래 엘프가 다 그런 건지 걸음걸이가 너무 빨라서 쫓아가기가 힘들었다.

마을의 성인 엘프들도 나에게 주목하기 시작했다.

그들은 어린 엘프들과 달리 호들갑을 떨기보다는 냉정하고 경계 어린 눈빛이었다.

'다들 선남선녀네.'

남자든 여자든 하나같이 아름답게 생겼다.

여자들은 누구나 모델을 해도 될 것 같았다.

자연스럽게 풀어헤친 긴 생머리와 날씬한 허리, 매끈한 다리.

짧은 바지와 젖가슴을 살짝 드러낸 상의를 입고 있어서 몸의 아름다움이 더 잘 드러나고 있었다.

하지만 성적인 대상으로 느껴지지는 않는다.

같은 인간이 아니라는 이질감이 강하게 들어서 성욕보다는 그냥 순수하게 아름답다고 느껴졌다.

아마도 엘프를 노예로 두려는 놈들은 성노예보다는 예술품을 소장하는 마음이 더 강하지 않을까 싶었다.

물론 과도한 엽색으로 성욕이 변질되어서 엘프를 성적 대상으로 여기는 인간들도 있겠지만.

"제이크!"

엘프 여성이 우리에게 다가왔다. 사슴처럼 걸음걸이가 사뿐사뿐 가벼웠다.

"엘라."

"제이크, 이게 무슨 짓이야? 어째서 인간을 데려왔지?"

엘라는 왠지 신경질적인 눈빛으로 날 한 번 쏘아본다.

제이크가 말했다.

"이 인간은 친구다."

"친구? 제이크, 너 미쳤어? 지난번의 일을 벌써 잊은 거야?"

"그럴 리가."

"어떻게 이런 무심한 짓을 할 수가 있어? 인간이 마을에 나타났다는 말을 듣고 엘리스가 얼마나 무서워하는지 알아?!"

"나도 네 여동생을 걱정하는 사람 중 하나다. 엘리스를 구출한 게 나라는 것을 잊지 마라."

아레나에서는 엘프도 사람이라는 표현을 쓰는 모양이었다.

하긴 지구와 달리 고등생명체가 인간뿐이 아니니까.

"그런데 인간을 데려와? 불안에 떨고 있는 엘리스는 어쩔 거야?"

제이크와 엘라라는 여성 엘프의 대화를 통해 나는 대충 상황을 짐작할 수 있었다.

파렴치한 인간 사냥꾼들에게 납치당했던 어린 엘프가 바로 그녀의 여동생 엘리스인 모양이었다.

내가 마을에 나타나자 엘리스가 납치당했던 기억 탓에 불안에 떨고 있고, 그 언니인 엘라가 화가 난 것이다.

"엘리스를 위해서이기도 하다."

제이크가 말했다.

"무슨 뜻이야?"

새침한 엘라의 물음에 제이크가 나를 가리켰다.

"이 인간을 보면 엘리스의 불안증도 치유될 거다. 모든 인간이 다 두려움의 대상이 아니라는 것을 깨달을 테니까."

"이 인간을 어떻게 믿는 거야?"

"곧 알게 된다."

실프와 카사의 귀여움이 내 신뢰의 증거라니…….

"대체 어떻게 된 거야? 그때 인간에게 가장 화가 났던 건 제이크 너잖아?"

"당연하지. 엘리스는 내 여동생이기도 하니까."

"제이크……."

엘라의 얼굴에 감격이 어린다.

제이크는 그런 그녀에게 다가가 가볍게 뺨에 입을 맞춰주었다. 엘라의 하얀 얼굴이 붉게 물들었다.

아하, 연인이었구나.

어쩐지 둘의 논쟁이 커플들 말다툼 같은 느낌이다 싶었지.

엘라는 나를 쏘아보았다.

"지켜보겠어, 인간."

"그러세요."

나는 태연하게 대꾸했다.

엘라의 눈빛이 한층 더 신경질적으로 변했다. 내 대답이 도발로 들렸나?

나는 다시 제이크의 뒤를 따라 걸었다.

우리는 엘프 마을의 중심부로 향했다.

마을 중심부는 집들이 없는 빈 공터였다. 온갖 종류의 꽃들로 가득했다. 무엇보다도…….

'세상에!'

나를 경악하게 만드는 한 그루의 나무가 있었다.

'저게 나무야 빌딩이야?'

상상을 초월할 정도로 거대한 나무였다. 일단 잎사귀로 보아 활엽수 종류로 보이긴 한데, 높이가 하늘에 닿을 것 같았다.

마치 성경에 나오는 바벨탑이 저렇게 클까 싶을 정도였다.

하지만 바벨탑 같은 죄악감 대신 엄청난 생명력이 느껴진다.

어머니 같은 따스함이랄까?

그 숭고한 거목을 보며 감동에 젖어 있을 때, 제이크가 말했다.

"여기서 기다려라. 어머니들의 허락 없이 인간을 생명의 나무에 접근시킬 수는 없다."

"알겠습니다."

제이크는 생명의 나무라 불린 거목으로 향했다.

홀로 남겨진 나는 생명의 나무를 감상하며 생각에 잠겼다.

'모계사회구나.'

엘프들은 중요한 의사 결정을 여자들이 결정하는 모양이었다.

제이크가 말한 '어머니들'이 바로 이 마을의 지배자들이리라.

지배자?

그냥 지도자가 더 적절한 표현 같았다.

엘프 마을의 자유로운 분위기는 누군가에게 지배받는다는 느낌이 전혀 없었다.

인류 사회의 특징인 질서가 구축되지 않은 자유분방함.

그 증거로…….

"저 인간이 우리의 친구라고?"

"제이크가 그랬대."

"인간은 좀 그런데. 어머니들이 어떤 결정을 내릴까?"

"글쎄, 그래도 어머니들의 판단은 항상 옳으니까."

엘프들이 남녀노소 할 것 없이 내 주변에 모여 있었다.

내게 접근해서 말 거는 엘프는 없었지만 마치 동물원 원숭이 보듯이 빙 둘러 모여 서로 잡담을 나누고 있었다.

"어머니들이 제이크와 무슨 얘기를 하는지 보러 갈까?"

"됐어. 어머니들이 정신 사나워하실라."

역시나 엘프들에게 질서 같은 건 없었다. 이곳의 지도층인 어머니들에게 누구나 자유롭게 접근할 수 있다는 게 그 증거였다.

"전에 엘리스가 납치당했을 때, 어머니들이 대책을 세우는데 애들이 거기 몰려가서 울고불고하는 통에 고생하셨잖아."

"제이크가 눈 뒤집혀서 혼자 추격에 나섰으니 다행이지."

"근데 애들 탓이라기보다는, 원래 어머니들이 워낙 수다가 길잖아?"

음, 권위가 없다는 건 이런 단점도 있구나.

아무래도 엘프들은 지배와 피지배의 개념이 없는 대신, 의사 결정 속도도 느린 듯했다.

얼마나 시간이 지났을까.

족히 한 시간이 넘은 것 같은데 여전히 제이크에게서는 소식이 없었다.

'대체 무슨 얘기들을 하는 걸까?

그냥 인간을 한 번 데려오라고 하면 될 텐데, 뭔 회의를 저렇게 길게 하지?

지겨워진 나는 털썩 자리에 주저앉았다.

"앉았다."

"인간이 앉았어."

"심심한가 봐."

엘프들이 또 수군거린다.

연예인들도 밖에 나가면 이런 고충을 겪고 있겠구나. 연애할 때 힘들겠다.

엘프들의 이목이 집중되어 있어서 혼자 가만히 있기가 몹시 뻘쭘했다.

나는 고민 끝에, 실프와 카사를 소환했다.

엘프들이 술렁이기 시작했다.

*   *   *

"믿을 만한 인간입니다. 정령술사란 말입니다."

제이크가 강하게 자기주장을 피력했다.

어머니들…….

생명의 나무 아래에는 겉보기에 중년쯤으로 보이는 여인들 다수가 모여 있었다.

이 엘프 마을의 모든 나이든 여인은 이곳에 다 모여 있는 듯했다.

그녀들 중 한 명이 말했다.

"제이크, 네 말을 의심하는 건 아니다. 정령술사인 인간 중에 악인은 없지. 하지만 인간이란 꼭 악인이라고 해롭지는 않듯, 선인이라고 꼭 이롭지는 않단다."

"그야 옳은 말씀이시지만……!"

"무엇보다 부자연스럽잖니. 인간이 굳이 이곳까지 찾아온 목적이 친구가 되기 위해서라니?"

"확실히 이상해. 인간은 그렇게 할 일 없이 움직이는 종족이 아니야. 무언가 다른 목적이 있을 거야."

"좋은 인간이라 해도, 못된 인간의 조종을 받고 있을 수도 있고. 난 젊은 적에 인간들의 나라를 구경하면서 그런 모습을 본 적 있어."

어머니들의 대화는 점점 인간의 본질에 대한 원론적인 토론으로 변해갔다.

제이크는 결론이 빨리 내려지지 않자 답답함을 느꼈다.

'또 다들 수다를 떨고 계셔! 이래서 문제란 말이야!'

남성 엘프들이 그녀들에게 품는 불만도 딱 하나, 바로 이거였다.

무슨 회의를 하든 엄청 수다를 떨어댄다.

어떤 결정이 내려지든 그것을 실질적으로 행동에 옮기는 남성 엘프들은 그녀들이 결론을 내릴 때까지 기다리는 지루한 시간에 신물을 내야 했다.

그렇게 장시간 수다를 떨어대다가 내린 결론이 언제나 옳았으니 망정이지, 그렇지 않았으면 모계사회가 유지되지 못했을 터였다.

그런데 그때였다.

"어머니!"

"어머니들!"

멀리서 엘프들이 우르르 몰려오기 시작했다.

어머니들은 사색이 되었다.

"어마, 쟤네들이 또 왜 온대?"

"아이고, 이제 회의는 다 틀렸구나."

"궁금했나 봐."

"좀 더 기다리지, 쟤들은 하여간!"

남녀노소 가리지 않고 우르르 몰려든 엘프들이 두서없이 마구 소리쳤다.

"저 인간은 우리의 친구예요!"

"친구로 받아주어야 해요!"

"맞아!"

"수다 그만 떠시고 일단 인간을 보시라고요!"

"친구로 받아주지 않으면 안 돼요!"

"저 정령은, 정령이⋯⋯!"

어머니들은 어안이 벙벙해졌다.

이 광경을 지켜본 제이크만이 당연하다는 듯이 고개를 끄덕이고 있었다.

　　　　*　　　　*　　　　*

　폭동을 일으키듯이 생명의 나무로 달려갔던 엘프들 수백여
명이 다시 우르르 나에게 몰려들었다.

　저 많은 인원이 나 한 사람에게 해일처럼 밀려들자 나는 오
싹함을 느꼈다.

　"꺄하하!"

　"이 실프 너무 좋아! 야옹, 야옹!"

　"카사 꼬리 너무 빨리 흔들어, 히히히!"

　그나마 내 주위에서 정령들과 놀고 있는 어린 엘프들이 있
어 위안이 된다.

　수백 엘프 무리가 나를 빙 둘러 포위했고, 제이크와 나이 든
중년쯤 된 여성 엘프들이 내게 걸어왔다.

　그녀들은 나이가 들어 보임에도 대단히 아름다웠다.

　하나같이 '나 왕년에 한 미모 했음'이라고 주장하는 듯했
다.

　그녀들이 바로 제이크가 말한 어머니들인 모양이었다.

　그런데 그 어머니들의 숫자가 너무 많다. 20명? 30명?

　'최고령 여성 몇 명일 줄 알았는데.'

　아무래도 여성 엘프들은 나이 들면 누구나 '어머니들'이 되
는 모양이었다.

　저렇게 의사결정자 숫자가 많으니까 판단이 느리지.

"네가 제이크가 말한 인간이구나."

가장 나이가 들었다고 생각되는 중년 여성 엘프가 물었다.

최고령으로 보인다지만 그런 그녀조차 아름다웠다. 이상하게도 노인은 보이지 않았다.

"그렇습니다."

나는 공손히 대답했다.

어머니들의 시선은 그녀들의 등장에도 아랑곳하지 않고 정령들과 놀고 있는 아이들에게 향했다.

나의 실프와 카사를 본 어머니들은 나직이 탄식했다.

"저렇게 사랑스러울 수가……."

"그렇구나. 저러면 친구로 받아줄 수밖에 없어."

"어쩔 수 없어."

나는 슬슬 엘프들의 미래가 걱정되기 시작했다.

*　　　*　　　*

메인스킬 정령술 덕분에 나는 손쉽게 엘프의 친구가 될 수 있었다.

아니, 어쩌면 그래서 내게 이런 시험이 주어진 게 아닐까 싶다.

시험의 목적은 시험자를 괴롭히기 위함이 아닐 터였다. 어떤 최종 목적이 있고, 그 목적을 위해 각 시험자마다 적합한 역할을 부여한다고 보면 이치에 맞다.

어쩌면 그 율법이라는 절대적인 존재는 내가 3회차에서 라이칸스로프의 영역을 지나 이곳에 이르도록 예정한 것이 아닐까?

"당신은 우리의 친구가 되었습니다. 하지만 친구라 할지라도 꼭 친한 친구만 있으라는 법은 없지요."

어머니들이 말했다.

"우리는 아직 당신을 모르니까요."

"귀여운 정령들을 가졌다고 기고만장해서는 안 돼요."

'기, 기고만장이라니?'

난 댁들이 정령의 귀여움에 그토록 열광할 줄은 예상 못했다고!

황당함을 느꼈지만 나는 침착하게 교과서적인 대답을 했다.

"당연히 관계에는 순서가 있다고 생각합니다. 경계심을 풀고 서로 다가갈 기회를 마련했다는 것에 만족합니다. 천천히 여러분의 신뢰를 얻도록 하겠습니다."

내 말에 어머니들은 만족스러운 표정으로 고개를 끄덕였다.

그렇게 난 엘프들의 친구가 되어 마을에 머무는 걸 허락받았다.

어린 엘프들은 내 소환 시간이 고갈될 때까지 정령들과 놀다가 뿔뿔이 흩어졌다.

"따라와라. 머물 곳을 마련했으니까."

"고맙습니다."

"그냥 말을 편히 해도 좋다."

"그래도 될까? 그런데 제이크 넌 나이가 얼마나 되지?"

"102살."

"……정말 말을 놓아도 될까요?"

"엘프의 수명은 인간의 3배가량이지."

그렇구나.

제이크의 나이를 3으로 나누면 34세 정도니 나와 비슷한 나이라고 할 수 있었다.

물론 난 아직 아슬아슬하게 30대가 아니지만 말이지!

"그럼 어머니들께서는 보통 연세가 어떻게 되는 거지?"

"우리 엘프의 여성은 200세를 넘기면 누구나 어머니들이 되지."

"허……."

그 아줌마들이 전부 200세를 넘긴 고령 엘프들이었다니.

나이 들었어도 다들 빼어난 미모였고 노인은 없어 보였는데, 엘프는 인간과 달리 노화(老化)에 강한 모양이었다.

제이크가 마련해 준 거처는 천막이나 다름없는 집이었다.

하지만 대체 어떤 직물로 짰는지 천막의 천이 벽처럼 튼튼했고, 낙엽과 지푸라기를 모아 엮은 침대도 푹신하고 좋았다.

다만 램프도 촛불도 없어서 너무 어두웠다.

촛불이 없냐고 묻자 제이크는 고개를 저었다.

"그러고 보니 인간은 그런 게 필요했지. 엘프는 어둠 속에서도 앞을 잘 본다."

오래 살고 잘생겼고 동안이고 밤눈도 좋고. 정말 나도 엘프이고 싶다.

"그럼 편히 쉬어라."

제이크는 날 두고 홀쩍 떠나버렸다.

불을 피우면 어떻게 생각했지만 민폐 같아서 관뒀다. 엘프
들은 불을 별로 좋아하는 것 같지 않았다. 불이 나무를 태우니
까 그렇겠지.

그런데 천막 입구가 걷히면서 웬 여성의 실루엣이 어둠 속
에 나타났다.

"이봐, 인간!"

낮에 보았던 제이크의 연인 엘라의 목소리였다.

근데 왜 화난 음성이지?

"무슨 일이시죠?"

"왜 우리 엘리스와 안 놀아준 거야!"

"예?"

"다른 애들이 네 정령과 놀고 있을 때 우리 가여운 엘리스만
훔쳐보기만 했단 말이야!"

"아, 그랬나요? 죄송해요, 몰랐네요."

누가 숨어서 훔쳐보는지 내가 무슨 수로 알아챘단 말인가.

하지만 엘라의 신경질적인 성격을 알고 나는 순순히 사과했
다.

엘라는 수그러진 목소리로 말했다.

"내일은 엘리스와 놀아주도록 해. 너 오고 나서 집밖으로 나
오지를 못한단 말이야! 내일도 엘리스가 집밖으로 안 나오면

다 네 탓인 줄 알아!"

"……."

엘라는 할 말만 하고는 휙 하니 떠나 버렸다.

제이크는 대체 어디가 좋다고 저런 여자랑 사귀게 됐을까.
하긴 제이크도 성질이 좀 더럽긴 하지. 천생연분인가.

*　　　*　　　*

다음 날은 엘리스란 소녀도 집밖으로 끌어내서 놀아주었다.

쉬웠다.

실프가 엘리스가 있는 천막 안으로 꼬리만 집어넣고 살랑살
랑 흔들며 유인했다.

실프를 쫓아 밖으로 나온 엘리스는 나와 맞닥뜨리고서 공포
로 굳어버렸지만, 카사가 내 머리 위에 소환하자 다소 경계심
을 누그러뜨릴 수 있었다.

그 뒤로는 일사천리.

다른 어린 엘프들과 함께 정령과 놀며 시간을 보냈다.

과연 엘프들인지 어린애들도 정령을 소환할 줄을 알았다.

애들이 소환한 정령이 사방팔방에서 날아다니니 내가 헛것
을 보나 싶을 정도로 정신 사나웠다.

'근데 대체 뭘 도와줘야 하는 거야?

문득 떠오른 의문이었다.

―성명(Name): 김현호

―클래스(Class): ㄱ

―카르마(Karma): ㅁ

―시험(Mission): 제한 시간 동안 갈색산맥의 엘프를 도와라.

―제한 시간(Time limit): 28일 15시간 42분

아니, 엘프들이 어떤 문제에 처했는지를 알아야 도와줄 게 아닌가.

하지만 말도 안 되는 시험을 냈을 리는 없다. 무엇을 어떻게 도와주어야 할지 알아내는 것 또한 시험의 일부일 것이다.

나는 가장 만만한 제이크에게 물어보기로 했다.

길잡이 스킬로 제이크가 동쪽에 있다는 것을 감지했다. 나는 동쪽으로 향해 걸음을 옮겼다.

제이크는 마을에 없었다.

밖으로 나간 모양인데, 얼마나 멀리 갔을지는 알 수 없었기 때문에 찾아 나설까 갈등이 들었다.

그래서 나는 가까이에 있는 여성 엘프를 하나 붙잡고 물어보았다.

"제이크가 어디로 갔는지 아시나요?"

"평소처럼 순찰 갔겠지."

"그래요? 감사합니다."

"근데 아침에 보니까 엘라도 몰래 마을을 떠나더라, 히히히."

"가, 감사합니다."

음흉하게 웃는 여성 엘프에게 나는 떨떠름한 목소리로 대꾸했다.

그대로 마을을 벗어나 제이크가 있다고 느껴지는 방향으로 향했다.

"바람의 가호."

스킬 바람의 가호를 펼치고서 나는 빠르게 달리기 시작했다. 스킬 지속 시간이 15분밖에 되지 않으니 최대한 빨리 달렸다.

파앗, 팟! 파앗!

한 번 땅을 박찰 때마다 내 몸이 5, 6미터씩 쭉쭉 앞으로 날았다. 깃털처럼 몸이 가벼워진 느낌이 너무 유쾌해서 나는 신나게 달렸다.

"실프!"

—냐앙?

"제이크를 찾아봐!"

—냥!

실프가 빠르게 쏘아졌다.

그렇게 얼마나 달렸을까?

—냥!

돌아온 실프가 앞을 가리켰다.

'좋아!'

가까워졌다 싶어서 나는 최대 속도로 달렸다.

마침내 제이크를 만날 수 있었다.

그런데 어쩐지 제이크의 얼굴에는 짜증이 섞여 있었고, 그 옆에는…….

엘라가 허겁지겁 옷매무새를 추스르고 있었다.

내가 빤히 쳐다보자 엘라의 얼굴이 빨갛게 달아올랐다. 피부가 창백한 엘프들이라 안색의 변화가 아주 잘 드러난다.

"뭐냐?"

제이크가 짜증난 목소리로 물었다.

"……근무태만 아냐?"

"뭐가 근무태만이냐! 순찰 중에 뭘 하든 내 자유다!"

아, 그래. 엘프답게 참으로 자유분방한 군기다. 우리나라였으면 바로 영창행일 텐데.

"근데 무슨 일이냐?"

"아, 그게…….'

잠깐 머리를 굴린 나는 질문을 했다.

"왜 순찰을 하시는 거야?"

"왜냐고? 영역 관리 차원에서 당연한 거 아니냐?"

"마을에 보니 남자들이 전부 사라져 있던데 원래 다들 제이크처럼 순찰을 도는 거야?"

"원래는 이렇게까지 철저하게 순찰을 하지는 않지."

제이크가 말했다.

"최근 들어 주변의 동향이 이상해져서 순찰을 강화했다. 일전에 엘리스가 납치될 뻔했던 일처럼 인간의 침입도 잦아졌고, 동쪽 숲에 사는 라이칸스로프 놈들도 자주 인근을 기웃거리다가 사라지고."

"라이칸스로프?!"

내가 놀라 묻자 제이크는 고개를 갸웃거렸다.

"그렇다. 뭘 그렇게 놀라느냐?"

그 순간 내 머릿속에 여러 가지가 떠올랐다.

"보통 그런 식이오. 한 번의 시험으로 끝나지 않고 다음 시험으로 연계되는 경우가 많지. 마치 인연과도 같소."

오딘이 그랬고,

"힌트는 이미 받지 않았던가요?"

라고 아기 천사가 그랬다.

게다가 실버 씨족의 수장 레온 실버!

놈은 정령술에 대해 아주 잘 알고 있었다.

게다가 인간 목장을 구축하고 씨족의 규모를 짧은 시간에 5배로 불렸다. 왜? 무슨 목적으로?

'그랬구나.'

모든 것이 율법의 안배라는 것을 나는 깨달을 수 있었다.

나에게 정령술을 메인스킬로 선택할 수 있게 했을 때부터, 아니, 죽은 나를 시험자로 임명했을 때부터 지금의 상황이 정해져 있었던 것인지도 모른다.

"무슨 생각을 하느냐?"

제이슨이 물었다.

그제야 상념에서 깨어난 나는 제이크에게 말했다.

"라이칸스로프에 대해서라면 내가 해줄 이야기가 있는데."

"뭐? 그러고 보니 넌 동쪽의 숲에서 왔었지. 아는 게 있나?"

나는 고개를 끄덕이고는 라이칸스로프 실버 씨족과 충돌한 이야기를 들려주었다. 물론 내가 시험자라는 사실은 숨겼고, 동료를 잃었다는 말도 하지 않았다.

"그런 일이 있었다고?"

제이크의 얼굴이 심각하게 변했다.

"이건 어머니들께 알려드려야 하지 않아?"

애정행각을 치르다 말아서 표정에 욕구불만이 섞인 짜증 상태였던 엘라도 덩달아 심각해졌다.

"라이칸스로프들은 숫자가 많지 않아서 대수롭지 않게 생각했는데, 이건 예상 밖이군. 확실히 어머니들께 알려야겠어."

'좋아!'

나는 주먹을 불끈 쥐었다.

이 사실을 알려주었으니 확실히 엘프에게 도움이 되었다고 할 수 있었다.

게다가 4회차 시험을 시작하기 전에 오딘에게 받은 약속도 있었다. 군대를 보내 실버 씨족을 토벌하겠다고 말이다.

'이번 시험은 손쉽게 해결되겠구나.'

엘프 마을에서 남은 제한 시간 28일을 보내면 클리어 될 듯했다. 내가 달리 힘을 써야 하는 일은 없어 보였다.

*　　　　*　　　　*

순찰을 마치고 마을로 돌아간 제이슨은 어머니들에게 내가 들려준 말을 보고한 모양이었다.

그날 오후 무렵, 나는 어머니들의 부름을 받았다.

"제이크에게 얘기는 들었다. 다시 한 번 우리에게 상세히 들려다오."

"예."

나는 다시 한 번 적당히 각색된 이야기를 들려주었다.

"확실히 레온 실버라는 라이칸스로프는 정령술에 대해 잘 아는 편이구나."

"초보적이긴 하지만 라이칸스로프치고는 정령술에 잘 대응했어."

"20년간 씨족의 숫자를 5배로 늘렸다는 것은 우릴 공격하기 위해 힘을 모은 것일 수도 있겠어."

"20년이라는 말이 조금 걸리는데?"

어머니들 중 한 여인이 말했다.

다른 어머니들도 뭔가가 떠오른 모양인지 한마디씩 한다.

"그러고 보니 그 시기에 라이칸스로프와 싸운 적이 있었지?"

"그래, 나이 든 라이칸스로프가 무리를 이끌고 우리 영역을 침범한 적이 있었어."

"그게 아마 24년 전이었을 거야."

어머니들의 두서없이 이야기를 종합해 보니 대략 상황이 짐작되었다.

24년 전, 도전자에게 실버 씨족의 수장 자리를 빼앗긴 나이 든 라이칸스로프가 자기 가족을 이끌고 실버 씨족의 영역에서 추방되었다.

바로 그 추방된 무리가 갈색산맥에 발을 들였다가 엘프들의 공격을 받아 전멸했다고 한다.

"그때 나이 든 라이칸스로프를 놓쳤다고 했어. 마지막까지 뒤쫓다가 끝내 놓친 게 내 남편이거든."

"그땐 대수롭지 않게 생각했는데……."

"한 번 추방된 라이칸스로프가 다시 자기 씨족에게 돌아갈 줄은 몰랐어."

한마디로 가족을 전부 잃고 오갈 데가 없어진 라이칸스로프가 자포자기의 심정으로 실버 씨족에게 되돌아갔다.

그런데 실버 씨족은 돌아온 그를 받아주었고, 레온 실버가 그에게서 엘프에 대한 이야기를 듣고 강한 흥미를 느꼈던 것이다.

그러면 모든 게 설명된다.

6장

생명의 나무

"실버 씨족 자체는 문제가 아니다."

가장 연장자인 어머니가 손짓으로 모두를 조용히 시키고 발언했다.

"백 마리가 넘는 라이칸스로프가 공격해 온데도 두려워할 필요는 없어. 우리 남편들과 젊은 남자 아이들이 능히 그들을 물리칠 거야."

어머니들은 고개를 끄덕이며 동의했다.

"다만 우리가 생각해야 할 문제는 그게 아니야. 보다 큰 관점에서 보아야 해."

연장자 어머니가 계속 말했다.

"우리에게 일어나고 있는 계속되는 좋지 않은 징조들을 말이다."

그 말에 다른 어머니들도 놀란 눈치였다.

"그러고 보니 얼마 전의 엘리스 납치도 그렇고 인간의 영역 침범이 잦아졌죠."

"동쪽에서는 라이칸스로프, 북쪽에서는 인간들……."

"뿐만 아니죠. 다른 방면에서도 최근 괴물들이 자주 흘러들어온다고 했어요."

"불길한 징조가 우리에게 계속 나타나는 이유는 하나뿐이에요."

"역시 생명의 나무는……."

한 어머니가 무심코 눈물을 글썽거리며 중얼거렸다.

그러자 다른 어머니들이 급히 제지했다.

"쉿!"

"조용히 해!"

"아무리 친구라지만 인간 앞에서 생명의 나무와 관련된 이야기를 꺼낼 셈이야?"

그제야 말실수를 한 어머니는 사색이 되어서 고개를 숙였다.

"미, 미안해. 내가 실수했어."

뭐야?

내가 들어서는 안 되는 이야기였나?

그러고 보니 생명의 나무에 가까이 접근해서는 안 된다고 제이크가 신신당부했었지.

친구로 인정받은 후에도 그건 마찬가지였다.

다들 예민하게 생각하기에 나는 못 들은 척 넘어가기로 했다.

그러나 연장자 어머니가 나에게 물었다.

"인간, 하나 물으마."

"예, 말씀하십시오."

"우리를 찾아온 목적이 무엇이냐?"

그 순간, 내 머리가 팽팽하게 돌아갔다.

이런 질문을 받을 것이라고 진즉에 예상하고 있었다.

친구가 되기 위해서라는 말은 내가 들어도 납득하기에 부족하니까.

내가 말했다.

"제가 살던 곳은 바스티앙 자작가가 다스리는 영지였습니다."

나는 코펜하겐에서 오딘에게 들었던 이야기를 써먹었다.

"바스티앙 자작가의 폭정으로 핍박받는 것이 지겨워 여행을 떠났습니다. 차라리 사람이 없는 곳에서 자연과 벗 삼아 살아가자는 생각에 그 숲으로 갔던 것입니다."

나는 한숨을 쉬었다.

"어리석게도 저는 정령과 함께라면 안전하리라 생각하고 불귀의 숲이라 불리는 그곳에 들어갔다가 라이칸스로프들에게 낭패를 보았습니다."

"그래서 다시 도망쳤다가 이곳으로 흘러왔구나."

연장자 어머니가 말했다.

나는 고개를 끄덕였다.

"간신히 숲에서 탈출했지만 다시 살던 곳으로 돌아가기도 싫었습니다. 그런데 마침 갈색산맥에 여러분이 살고 있다는 이야기가 생각나서 혹시나 친구가 될 수 있지 않을까 하고 오게 되었습니다."

어머니들은 고개를 끄덕였다.

내가 인간에게 질려 자연과 벗 삼아 살고자 했다는 말이 마음에 들었던 모양이었다.

뭐, 엘프들의 성향을 고려해서 꾸며낸 이야기지만 말이다.

그런데 연장자 어머니는 나를 보며 묘한 미소를 지었다.

그녀의 미소에 나는 괜스레 마음이 불편해졌다.

엄마에게 숨겼던 시험지를 들킬까 봐 조마조마한 아이가 된 듯한 기분이었다.

"묘하구나."

"……무엇이 말씀이십니까?"

"들었다시피 동서남북 모든 방향에서 우리에게 좋지 않은 징조가 오고 있단다. 심지어 우리 마을의 중심부에서도 말이지."

마을의 중심부.

생명의 나무를 뜻하는 것이리라.

"이런 시점에서 네가 우리의 친구가 되고 싶다며 찾아왔지. 우리에게 너는 마찬가지로 나쁜 징조일까, 아니면 좋은 징조일까 궁금하구나."

"……."

"내가 이런 말을 한다고 오해하지는 마라. 우리는 널 의심하지 않는다."

"아직 어머니들께 제 신뢰를 증명하지 못했다는 것은 알고 있습니다."

"천만에. 넌 이미 증명했어."

다른 어머니들도 고개를 끄덕이며 동의한다.

신뢰를 증명했다니?

라이칸스로프의 수상한 동향을 알려준 것을 뜻하는 건가?

그걸로 내가 신뢰해도 되는 친구라고 증명하기에 충분했던 걸까?

연장자 어머니가 말했다.

"정령들이다."

"엑?"

나는 순간 휘청했다.

결국 정령이냐? 정령이 귀여우면 되는 거야?

"우리가 정령만 보고 널 친구로 받아준 게 이상한가 보구나."

"……솔직히 그렇습니다."

내 말에 어머니들이 웃었다.

연장자 어머니는 실제 나이가 믿어지지 않는 매력적인 웃음을 띠며 말했다.

"하지만 우리는 옳단다. 정령을 보면 그 소환자를 알 수 있어."

"그렇습니까?"

"인간 중에도 정령술사가 아주 간혹 있긴 하지. 물론 정령술사가 전부 착한 건 아니란다. 정령을 나쁜 일에 이용하는 파렴치한 인간도 있었다고 들었다."

"……."

"하지만 정령술사의 그런 심성은 고스란히 정령에게서 드러나지."

"예?"

"정령의 모습은 정령술사의 마음을 비추는 거울이야."

놀란 나에게 연장자 어머니의 설명이 이어졌다.

"네가 악인이었다면 네 정령은 그런 네 심성을 반영하여 보다 공격적인 형태를 띠게 되지. 다시 한 번 네 정령을 보여주겠니?"

"예, 예. 실프, 카사."

나는 두 정령을 소환했다.

바람의 고양이와 불의 강아지가 나타나자 어머니들이 탄성을 터뜨렸다.

연장자 어머니가 두 손을 뻗었다. 실프와 카사가 그녀에게로 다가가 애교를 부렸다.

연장자 어머니는 실프를 번쩍 들어 품에 안으며 말했다.

"이걸 보아라. 얼마나 애교 많고 사랑스러운 아이들이니?"

"그렇습니다."

걔네들 귀여운 건 나도 잘 안다.

연장자 어머니가 말했다.

"외로웠지?"

"……?!"

나는 갑자기 심장을 직격당한 듯한 기분을 느꼈다.

"그동안 외로운 삶을 살았을 거야. 누군가에게 위로받고 싶었겠지."

"그건……."

목소리가 떨려서 말을 할 수가 없었다. 많은 상념이 머릿속에 떠올랐다. 깊은 수면 아래에 잠겨 있던 것들이 드러난다.

공무원 시험을 공부한다고 홀로 수년간 보냈던 외로운 나날.

하나둘 취직에, 결혼에, 여러 이유로 곁에서 사라져 가는 친구들…….

그러다가 맞이한 갑작스런 죽음.

시험.

아레나.

죽지 않기 위해 싸워야 하는 숙명.

가족의 품으로 돌아갔지만 그 누구도 나의 고뇌를 알지 못했다.

나는 혼자 싸워야 했다.

'그래서 실프가 내게로 와준 건가?'

나는 실프를 바라보았다. 연장자 어머니는 품에 안고 귀여워하던 실프를 나에게 내밀었다.

"자, 네 거란다."

"아······."

"널 위로해 주려고 찾아온 소중한 친구야."

실프가 내 품에 뛰어 들어왔다.

오른쪽 어깨로 올라와 내 뺨에 얼굴을 마구 부빈다.

—멍멍!

이에 질세라 카사도 왼쪽 어깨 뛰어 올라와 꼬리를 마구 흔들며 애교를 부린다.

어머니들은 그런 정령들을 보며 호호 웃는다.

'그렇구나.'

너희는 날 위로해 주려고 그런 모습으로 나에게 와준 거구나.

······난 외로웠던 거구나. 훨씬 오래전부터 줄곧.

부끄럽게도 눈물이 나왔다.

연장자 어머니는 날 보며 자애로운 미소를 지어 보일 뿐이었다.

정령술의 의미를, 소중한 사실을 일깨워 준 그녀에게 감사했다. 보답을 하고 싶었다. 시험 때문이 아니라 진심으로.

'우연은 없다.'

내가 정령술을 익힌 것도, 실프와 카사를 얻은 것도 모두 필연.

그렇다면 지금 내가 가진 모든 것이 필연이다.

'그렇다면……'

생각 끝에 내가 말했다.

"실례 불구하고 꼭 여쭈어 보고 싶은 일이 있습니다."

"물어보아라."

"생명의 나무에 어떤 문제가 생긴 겁니까? 혹여 생명의 나무는 아픈 겁니까?"

그렇다면 내가 가진 모든 스킬도 우연이 아닌 율법의 안배라는 거겠지.

나와 정령들을 보며 흐뭇해하던 어머니들의 얼굴이 하나같이 어두워졌다.

연장자 어머니가 고개를 끄덕였다.

"그래, 네 짐작이 옳다. 수십 년 전부터 생명의 나무는 건강이 악화되기 시작했어. 우리는 믿고 싶지 않았고, 겉으로 드러날 정도로 시들기 시작하지 않는 이상 확인할 방법도 없었기에 애써 외면해 왔지. 하지만 이제 인정할 때가 됐다. 생명의 나무는 약해지고 있어."

어머니들의 얼굴에 슬픔이 어렸다.

몇몇은 나직이 훌쩍거리고 있었다. 생명의 나무가 그들에게 아주 중요한 존재이기 때문이리라.

"생명의 나무에 대해 저는 전혀 모릅니다. 그게 여러분에게 어떤 의미이고 그것이 없어지면 어떤 일이 벌어지는지도요."

"생명의 나무는 자연을 지탱하는 근간이다. 자연을 사랑하고 벗 삼아 살아가는 우리 엘프에게는 부모 같은 존재지."

"……."

"생명의 나무가 사라져도 우리 엘프는 살 수는 있단다. 하지만 그건 소중한 의미를 잃어버린 우리이겠지. 그리고 좀 더 현실적인 이야기를 하자면 정령들의 기운이 약해진다."

그녀가 말했다.

"생명의 나무는 대자연의 근간이고, 풍부한 생명력으로 주변 자연에 힘을 준다. 정령도 마찬가지지. 생명의 나무가 사라지면 정령들도 약해질 거야."

말을 들어보니 생명의 나무는 자연에서 살아가는 엘프들의 정체성 그 자체로 보였다.

내가 물었다.

"저 생명의 나무가 끝내 시들고 말면 방법이 없는 겁니까?"

다소 무례한 질문일까 봐 걱정됐지만 다행히 그녀는 개의치 않았다.

"없지는 않지. 새로운 생명의 나무를 찾아 가꿔서 기르면 되니까."

"생명의 나무의 종자가 어딘가에서 자생하는 모양이군요?"

"어디에나 있지. 왜냐하면 모든 나무는 다 생명의 나무가 될 가능성이 있으니까."

"예?"

연장자 어머니는 조금 떨어진 곳에 있는 거대한 생명의 나무를 가리켰다.

"저게 무슨 나무로 보이니?"

"그, 글쎄요. 생명의 나무라는 것 말고는 잘……."

"느티나무란다."

나는 경악을 했다.

느티나무가 자라서 저렇게 빌딩처럼 거대해졌단 말이야?

믿을 수가 없었다.

느티나무는 지구에도 많이 있다고!

연장자 어머니는 웃으며 말했다.

"물론 모든 느티나무가 저렇게 크게 자라 생명의 나무가 되지는 않지. 모든 종의 나무를 통틀어도 생명의 나무로 자랄 수 있는 자질을 가진 나무는 매우 드물지."

"그럼 그 자질을 가진 나무를 어떻게든 찾아내야 하는군요."

"찾는 건 어렵지 않아. 드물긴 해도 우리라면 찾을 수 있어. 이 갈색산맥에도 우리가 발견한 자질을 가진 나무가 몇 그루 있고."

"그럼 그것을 새로 기르면 되지 않습니까?"

"이미 돌보고 있지. 젊은 남자아이들은 동쪽과 북쪽을 순찰하지만 우리 남편들은 동쪽과 남쪽에서 그 나무들을 매일 보호하고 가꾸고 있어."

연장자 어머니는 한숨을 쉬었다.

"하지만 자질을 가졌다 해서 다 생명의 나무가 되는 건 아니란다. 우리가 아무리 심혈을 기울여 가꿔도 끝내 생명의 나무가 되기 전에 죽고 마는 게 대부분이지."

이어지는 이야기에 의하면 30년 전에도 생명의 나무가 될 자질이 있는 소나무가 시들어 죽었다고 한다.

60여 년 전에도, 심지어 200년도 전인 그녀의 어린 시절에도 같은 일이 있었다고 했다.

'바로 이거구나!'

이게 진짜 시험이다!

이걸 놓쳤으면 시험이 클리어되어도 아주 소량의 카르마밖에 못 얻을 뻔했다.

나는 미소를 지었다.

내 미소에 연장자 어머니는 의아해했다.

안타까운 이야기를 듣고서는 도리어 웃는 내가 이상하리라.

"이게 도움이 될지 모르겠네요. 한번 봐주시겠습니까?"

그리고 나는 박진성 회장이 아주 좋아 환장하는 생명의 불꽃을 만들어냈다.

내 손 안에 생긴 작고 동그란 불꽃.

"이, 이건?"

보기 드물게 연장자 어머니의 얼굴에 놀라움이 어렸다.

엘프들 중에서도 가장 오래 산 그녀도 이건 처음 본 모양이었다. 하긴 나밖에 만들 수 없는 스킬이니 그럴 수밖에 없다.

"생명의 불꽃이라고 합니다. 이 세상에서 저만이 가진 스킬이라고 생각합니다."

연장자 어머니는 놀라움이 가득한 얼굴로 나에게 손을 내밀었다.

"자, 잠깐 그것을 나에게 보여줄 수 있겠느냐?"

"물론이지요."

나는 생명의 불꽃을 그녀에게 건네주었다.

조심스럽게 받아 든 연장자 어머니는 불꽃을 보며 몸을 떨었다.

"자연의 기운에 생명력을 품고 있어. 표현 그대로 생명의 불꽃이야! 어떻게, 어떻게 이런 게 만들어질 수가 있지?"

"저, 저도 보여주세요!"

"우리도 보고 싶어요!"

어머니들이 우르르 몰려와 조그만 생명의 불꽃을 서로 보고 싶어서 안달을 했다.

듣기 좋은 예쁜 감탄사가 사방팔방에서 터져 나온다.

나는 흐뭇한 표정으로 그 광경을 지켜보았다.

이윽고 연장자 어머니는 떨리는 목소리로 나에게 물었다.

"이걸 어떻게 만들었는지 가르쳐 줄 수 있겠니?"

"죄송합니다. 가르쳐 드리고 싶어도 저 역시도 이것을 어떻게 터득했는지조차 모르겠습니다."

"어떤 실마리라도 알 수 없을까?"

"정령의 힘과 힐링포션의 치유의 힘이 섞인 듯한 느낌이랄까요? 사실 저도 모르겠습니다. 그냥 어느 날 갑자기 생긴 힘이라서……."

스킬합성으로 만들었다고 할 수는 없지 않나.

연장자 어머니는 너무나도 아쉬워했다.

"정령의 힘과 힐링포션? 그런 것만 가지고는 모르겠구나. 이건 정말로 네게 일어난 기적 같은 능력이야."

그렇겠죠.

특수스킬 스킬합성은 내 인생에 역전을 가져온 기적과도 같으니까.

"이걸로 생명의 나무를 치유할 수 있지 않을까요?"

"하지만 너무 작은데?"

"이것만 가지고는 턱없이 부족할 거야."

"많이 만들어서 잔뜩 먹이면 되잖아?"

어머니들이 열띤 토론을 벌이기 시작했다.

내가 정리를 해주었다.

"하루에 하나씩밖에 만들 수 없습니다. 그게 도움이 된다면 이곳에 머무는 동안 매일 하나씩 만들어서 드리도록 하겠습니다."

"매일 하나라니."

"아, 그건 너무 적어!"

"더 크게, 많이 만들 수 있었으면 좋았을걸!"

"얘들이. 생명의 나무를 치유할 방법을 찾은 것만으로도 대단한 일이잖니."

"그건 그래!"

모두들 두서없이 떠들 때, 연장자 어머니가 손뼉을 치며 침묵시켰다.

그녀가 말했다.

"하루에 하나씩밖에 만들 수 없는 이 생명의 불꽃을 어떻게 사용할지가 중요하다. 아픈 생명의 나무를 회복시키는 데 쓸지, 아니면 생명의 나무가 될 자질이 있는 나무를 키우는데 쓸지."

"아, 듣고 보니……!'

"확실히 생명의 나무에게 쓰기에는 너무 작은 기운이긴 해. 하지만 작은 나무를 생명의 나무로 키우는 데 쓰기에는 충분해!'

"당연히 생명의 나무에 써야지!'

"저렇게 작은 불꽃으로 언제 다 치유하겠어?"

"요 조그만 걸로 생명의 나무를 치유하려면 너무 오래 걸려."

"그럼 작은 나무를 생명의 나무가 될 때까지 키우는 건 적게 걸리니?'

열띤 토론의 현장.

이들을 조용하게 만든 것은 역시나 연장자 어머니였다.

그녀는 나에게 물었다.

"이곳에 얼마나 머무를 수 있겠니?'

"가능한 한 오래 머물겠습니다. 당분간은 딱히 일정도 없고요."

"우리로서는 네가 최대한 오래 이곳에 있어주었으면 한다. 아니, 사실은 평생 우리와 함께 살았으면 좋겠어. 넌 이제 친구를 넘어서 우리의 가족과도 같으니까."

'헐, 가족씩이나?

관계의 순서를 순식간에 몇 단계 점프했구나.

그렇다 해도 엘프들과 평생 있을 수는 없는 노릇이었다.

평생 여기서 엘프들과 살라는 시험이 나온다면 모를까.

내가 말했다.

"이렇게 하죠. 일단 28일간 생명의 불꽃을 생명의 나무의 치유에 사용해 보는 겁니다. 경과를 봐서 만약 효과가 없다면 자질이 있는 다른 나무를 키우는 데 쓰는 것으로요."

"그게 좋겠구나."

연장자 어머니가 고개를 끄덕였다.

"나도 찬성."

"맞아, 일단은 해보고 안 되면 차선책이지."

"왜 우린 저 생각을 못했지? 일단 시도부터 해보면 되는 건데."

"이래서 남편들이 우리한테 한 소리를 하는 건가 봐."

"호호호!"

정말 정신 사나운 아줌마들이다.

이런 여자들이 수다를 떨며 의사 결정을 해나가는 모계사회라니.

그때였다.

"저기 있다!"

어린 엘프들이 우르르 이쪽으로 달려오고 있었다.

"인간 형!"

"인간 오빠!"

"이제 힘 회복했지? 다시 정령 소환해!"

"강아지, 고양이랑 놀 거야!"

중요한 회의 자리가 난장판이 될 위기였다.

"아이고, 쟤네들이 왔어!"

"쟤들을 누가 말려!"

"아, 아무튼 결정은 났으니까 다행이야."

어머니들이 사색이 되었다.

그랬다.

엘프 사회를 이끄는 어머니들의 천적은 남편도 아닌, 바로 아이들이었다.

내가 어린 엘프들에게 둘러싸여 정신이 없어졌을 때, 연장자 어머니는 생명의 불꽃을 가지고 조용히 그 자리를 빠져나갔다.

엘프들의 사회는 정말 신선하고 재미있었다.

*   *   *

그날부터 나는 매일 하나씩 생명의 불꽃을 만들었다.

처음에는 연장자 어머니가 매일 아침 가지러 왔지만 사흘이 지났을 때 그녀가 말했다.

"넌 이제 우리의 가족이니 생명의 나무에 접근할 권한이 있다."

이 아줌마, 매번 찾아오기가 귀찮았구나.

그날 이후로는 내가 생명의 나무로 다가가 직접 생명의 불꽃을 불어넣었다.

조그마한 불꽃이 거대한 나무에 스며들어 사라지는 모습은 언제 봐도 신기했다.

'이걸로 될지 모르겠네.'

하늘까지 솟은 거대한 탑 같은 생명의 나무.

그에 반해 손바닥에 쏙 들어오는 자그마한 불꽃.

마치 손바닥으로 하늘을 가리려는 짓을 매일 반복하는 기분이었다.

'뭐, 어떻게든 되겠지.'

난 소신을 가지고 이 행위를 반복했다.

율법의 안배.

그것이 바로 내가 가진 믿음의 근원이었다.

첫째, 동료를 모두 잃고 위기에 빠진 나에게 스킬합성이라는 엄청난 특수스킬이 생겼다.

둘째, 나는 생명의 불꽃을 얻었고, 죽을병에 걸린 박진성 회장이 나에게 다가왔다.

셋째, 박진성 회장 덕분에 오딘의 도움을 얻었고, 오딘이 보낸 군대는 엘프를 노리는 실버 씨족을 토벌할 것이다.

넷째, 아픈 생명의 나무 때문에 근심하던 엘프에게 생명의 불꽃을 가진 내가 왔다.

아귀가 딱딱 맞는 이 정황을 보아라! 난 율법이 안배한 방향대로 올바로 나아가고 있는 것이다.

모든 시험에는 힌트가 있다.

힌트라고 가르쳐 주지 않아도 잘 생각해 보면 힌트는 항상
있다.

왜냐하면 그 힌트는 바로 율법의 안배이기 때문이다.

이제야 진정한 시험자로서 각성한 기분이 들었다. 시험에
대해 뭔가 알 것 같다는 긍정적인 기분이 들었다.

'이게 생명의 나무의 치유에 도움이 되는지 안 되는지는 이
번 시험의 결과를 보면 알 수 있지.'

제한 시간이 끝나면 4회차 시험이 클리어된다. 그리고 시험
의 결과에 따라 카르마를 받는다.

그 카르마를 얼마나 받느냐로 효과 여부를 판별할 수 있다.

효과가 있다면 카르마를 많이 받을 것이고, 그렇지 않고 헛
수고였다면 적은 카르마를 받겠지.

나는 남은 제한 시간을 그렇게 여유롭게 보냈다.

목숨을 위협받는 압박감 없이 평화로 보내는 시험이라니.
이래도 되나 싶을 정도였다.

라이칸스로프 실버 씨족의 위협은 염려가 없었다.

일단 오딘이 군대를 파견해 토벌하기로 약속했고, 설령 그
렇지 않더라도 마을의 남성 엘프들이 격퇴할 터였다.

백여 명이 넘는 이 마을의 성인 남성 엘프들은 하나같이 활
과 정령술의 고수였다. 게다가 산과 숲에서 소리 없이 움직이
는 사냥꾼들이기로 했다.

엘프의 가족이나 다름없는 나는 그들의 보호를 받으며 한가롭게 하루하루를 보낼 뿐이었다.

물론 마냥 한가하기만 한 것은 아니었다.

"놀자!"

"인간 형, 어디 갔어?"

크윽, 제길. 엘프의 지도자들도 두려워하는 존재들이 나타났다.

나는 급히 몸을 숨겼다.

"숨었다!"

"찾아보자!"

"어림없어!"

어린 엘프들이 일제히 정령을 소환했다. 순식간에 나타난 수십 마리의 정령이 일제히 나에게 모여들었다.

"놔, 놔!"

각양각색의 실프와 노움이 나를 붙들고 애들 앞에 끌고 갔다.

"히히히, 형!"

"인간 오빠, 그만 포기해."

"갈색산맥에서 우리의 눈을 피할 수는 없어, 인간 형."

"크윽……."

이제 내 정령들은 물론이고, 나와 노는 것에도 맛을 들인 엘프 아이들이었다. 가위바위보와 말뚝 박기를 가르쳐 줬더니 아주 환장을 하더라.

"오늘도 놀이를 가르쳐 줘!"

"여자애들이 말뚝 박기 싫대!"

"허리 아프단 말이야!"

그래그래.

나는 곰곰이 생각한 끝에 조그맣고 동그란 자갈 다섯 개를 주웠다. 손바닥에 올려놓고 공기놀이를 선보였다.

사내새끼가 웬 공기놀이냐고?

누나와 여동생을 두다 보니 잘하게 됐다, 왜?!

"우, 우와!"

"저게 뭐야!"

"재미있어 보여!"

"너무 멋있어. 역시 인간 오빠야."

어린 엘프들은 환장을 하고 공기놀이를 시작했다.

노움을 시켜서 동그란 자갈을 주워오게 하거나, 실프를 시켜서 돌멩이를 작고 동그랗게 깎기도 했다. 무서운 아이들……

어린 엘프들은 광전사처럼 공기놀이에 매달렸다. 그리고 이를 흘깃흘깃 훔쳐본 다 큰 여성 엘프들도 어느새 따라 하기 시작했다.

들리는 풍문에 의하면 순찰을 나간 젊은 남성 엘프들이 밖에서 말뚝 박기를 한다고 했다.

심지어 가위바위보가 도입된 덕에 어머니들의 회의 진행이 더 빨라졌다는 소문까지 돌았다. 사실이라면 정말 엘프들의 장래가 걱정된다.

'도박은 절대 가르쳐 주지 말아야겠다.'

뭘 가르쳐도 쉽게 빠져버리는 엘프들이 걱정되었다.

그렇게 시험이라는 것이 무색할 정도로 즐거운 하루하루가 지났다.

그리고 제한 시간이 끝났을 무렵, 놀라운 일이 벌어졌다.

팟!

"엇?"

소환하지도 않았는데 갑자기 눈앞에 석판이 나타났다.

석판에 놀라운 글귀가 쓰여 있었다.

─정령술(메인스킬): 정령을 소환하여 대자연의 힘을 발휘합니다.

＊소환 가능한 정령: 실프, 카샤

＊초급 2레벨: 소환 시간 2시간 15분

"2레벨?!"

나는 깜짝 놀랐다. 내 메인스킬인 정령술의 레벨이 오른 것이다!

'카르마 보상도 안 썼는데!'

메인스킬을 초급 1레벨에서 2레벨로 올리는 데 500카르마가 필요했다.

그런데 갑자기 시험 중에 레벨이 올라버린 것이다.

'설마⋯⋯.'

나는 생명의 나무를 쳐다보았다.

오늘도 생명의 불꽃을 불어넣기 위해 아침부터 찾아온 참이었다.

"생명의 나무는 대자연의 근간이고, 풍부한 생명력으로 주변 자연에 힘을 준다. 정령도 마찬가지지. 생명의 나무가 사라지면 정령들도 약해질 거야."

반대로 말하면 생명의 나무가 있으면 정령들의 힘이 강해진다는 뜻.

정령술은 대자연의 힘을 빌리는 것이니, 자연의 힘을 지탱하는 생명의 나무 곁에 있는 게 영향을 준 것이다.

그렇게밖에 생각할 수가 없었다.

'이런 행운이!'

전율을 느꼈다.

일이 아주 잘 풀리고 있었다. 지난 3회차의 비극에 대한 보상인가 싶을 정도였다.

7장

4회차의 성과

뿌우— 뿌우—

"축, 금의환향!"

아기 천사는 오랜만에 뿔나팔을 불어 재끼며 호들갑을 떨어
댔다.

날아다닐 때마다 정신없이 좌우로 흔들거리는 번데기가 몹
시도 내 심기를 불편하게 한다.

어쨌거나 저놈 말마따나 이번에 나는 금의환향했다. 이번 4회
차 시험은 여러 가지 의미로 나에게 많은 의미가 있었다.

첫째, 30일이라는 긴 제한 시간이 주어진 시험임에도 기존
시험보다 안전하게 끝났다.

둘째, 율법의 안배라는 개념을 알게 되면서 시험의 전체적

인 흐름에 대해 감을 잡게 되었다.

셋째, 생명의 나무 덕분에 정령술의 레벨이 올랐다.

3회차에서 너무 많은 것을 잃었다면, 4회차에서는 그 보상으로 많은 것을 얻었다고 할 수 있었다. 물론 세 사람의 목숨을 무엇에 비하겠냐마는…….

"이야! 훌륭하세요, 훌륭해."

아기 천사는 박수를 치며 나를 칭찬했다.

"점점 우리가 원했던 궁극의 시험자가 되어가는군요."

"……."

"계속 그렇게 해나가세요. 시험은 분명한 목표가 있고 시험자가 그것을 달성하기를 원합니다. 일부러 위험에 빠뜨리며 유희를 하는 게 아니라는 거죠."

"알고 있어."

"좋아요, 좋아. 4회차 결과를 알고 싶으시죠?"

"당연하지."

"그럼 석판을 소환하시지 뭐 하세요? 한두 번도 아니고, 바보예요?"

부글부글.

어째 태도가 좋다 싶더니 역시나 나를 열 받게 만들며 마무리한다.

"석판 소환."

그러자 석판이 소환되었고 내 판단의 결과가 나왔다.

—성명(Name): 김현호

—클래스(Class): 1ロ

—카르마(Karma): +2,ロロロ

—시험(Mission): 다음 시험까지 휴식을 취하라.

—제한 시간(Time limit): 3ロ일

"허……."

나는 전율했다.

엄청난 보상에 기가 막혀서 말이 나오지 않았다.

클래스가 3단계나 뛰었고, 2,000카르마라는 엄청난 성적을 거두었다.

"이 성적은 내가 한 일이 얼마나 가치가 있었는지를 나타내는 거지?"

"맞아요."

"내 성적은 어느 정도야?"

"어떨 것 같아요?"

"4회차 시험자 중 역대 최고?"

"아시네요. 잘났우."

빈정거리는 아기 천사였지만 저 번데기 따위의 도발은 안중에도 없었다. 나의 판단이 대성공을 거두었으니까.

엘프의 마을에 머물며 하릴없이 생명의 불꽃만 만들어줄 뿐인 나날.

너무 한가했기에 때때로 불안하기도 했다.

내가 틀렸나?

시험이 이렇게 쉬울 리는 없을 텐데.

내가 시험을 잘못하고 있기 때문은 아닐까?

그런 고민과 싸워야 했다.

그런데 그 결과가 바로 이것.

'결국 난 옳았다!'

기뻐서 미칠 것 같았다.

"시험자 김현호가 기뻐하는 걸 보니 괜히 짜증 나네요. 어서 가버려요."

아기 천사는 축하해 줄 때는 언제고 빈정거렸다.

시험의 문이 나타났다.

나는 아기 천사에게 가운데 손가락을 세워준 뒤, 시험의 문을 열고 사뿐히 나아갔다.

*　　　　*　　　　*

오전 11시.

스마트폰에 문자 3통이 와 있었다.

[현지: 바보 오빠. ㅠㅠ 왜 깨워도 안 일어나는 거야! 안 데려다 쥐서 지각했잖아!]

[박진성 회장: 깨어나는 대로 연락할 것.]

[유민정∧∧*: 매정하게 날 버리고 가다니. 복수할 거야!]

피식 웃음이 나왔다. 세 사람에게 각기 답장을 보내주었다.

[나: 닭쳐.]

이건 현지한테.

[나: 곧 출근합니다.]

이건 박진성 회장.

[나: 일 끝나고 바로 연락할게. 정말 사랑해 ♡]

이건 민정.

정말, 엘프들과 있는 한 달 내내 민정이 너무 보고 싶었다. 제이크와 엘라의 염장질 행각에 더더욱 말이다.

오늘 저녁에 꼭 민정을 만나야지.

그때 현지에게 문자가 온다.

[현지: 오타지? 그거 오타 맞지?]

[나: 닭치랬다.]

[현지: 닭이라고 하지 마. ㅠㅠ]

토익 400점아, 닭강정만이 네 유일한 장래란다. 열려 있는 길 놔두고 왜 험난한 산길을 가려고 하니?

나는 산장으로 출근하기 전에 카르마 보상을 처리하기로 했다.

'이걸 어디다 쓰지?

무려 2,000카르마.

언제 다 쓰냐고?

쓸데는 너무 많다.

하지만 신중하게 결정해야 한다. 다음 시험에 확실하게 도움이 되도록.

5회차 시험에 대비한 카르마 보상이 되어야 하는 것.

그렇다면 5회차 시험은 무엇일까?

'아마 생명의 나무를 살리는 것이겠지!'

맥락상, 시험의 흐름상 그렇게 되어야 하는 게 분명했다.

클래스 3계단 상승과 2,000카르마라는 성적으로 내 판단이 옳았음이 입증되었다. 그러니 다음 시험은 생명의 나무를 치유하는 것이 틀림없었다.

율법이 안배한 시험의 최종 목적을 위하여 생명의 나무는 반드시 회복되어야 하는 것일 거라고 나는 추측했다.

'그렇다면⋯⋯.'

나는 도박을 싫어한다.

하지만 이번만큼은 확신을 가지고서 승부수를 띄우고자 한다.

"석판 소환."

석판이 나타났다. 내가 보유한 카르마 수치가 자랑스럽게 표시되어 있다.

"카르마를 전부 생명의 불꽃에 투자하면 몇 레벨이나 올릴 수 있지?"

—보유하신 모든 카르마를 생명의 불꽃(합성스킬)에 쓰실 경우를 보여드립니다.

—생명의 불꽃(합성스킬): 생명의 불꽃을 불어넣어 생명력을 북돋습니다. 하루 2회만 사용 가능합니다.

*중급 2레벨: 원기회복, 노화방지, 질병 및 저주 치료에 효과.

—잔여 카르마: +200

"중급 2레벨이라……."

나는 고민에 잠겼다. 1,800카르마를 생명의 불꽃에 전부 투자해 버리면 중급 2레벨이 된다.

하루에 2회로 횟수가 증가하고 효과도 강해진다. 질병과 저주 치료라는 추가 옵션까지 생긴다.

하지만 그렇게 하면 잔여 카르마는 고작 200.

5회차 시험이 생명의 나무를 회복시키는 거라면 1,800카르마를 생명의 불꽃에 올인하는 게 맞다.

하지만 만약 시험이 그게 아니라면?

만에 하나의 변수가 있는 것이다.

조금 마음이 약해진 나는 다시 석판에게 물었다.

"생명의 불꽃을 중급 1레벨까지 올렸을 경우를 보여줘."

—생명의 불꽃(합성스킬)을 중급 1레벨까지 올렸을 경우를 보여드립니다.

—생명의 불꽃(합성스킬): 생명의 불꽃을 불어넣어 생명력을 북돋습니다. 하루 2회만 사용 가능합니다.

*중급 1레벨: 원기회복, 노화방지, 질병 및 저주 치료에 효과.

—잔여 카르마: +700

"옵션은 똑같네?"

잔여 카르마는 700.

중급 1레벨에서 2레벨로 올리는 데 500카르마가 소모되는 모양이었다.

중급 1레벨이나 2레벨이나 똑같이 하루 2회 사용할 수 있고, 질병 및 저주 치료라는 옵션도 동일했다.

물론 위력에서 차이가 나겠지만, 대신 700카르마의 여유가 생기니 그걸로 다른 스킬의 레벨을 올릴 수 있게 된다.

"좋아."

고민 끝에 나는 결심을 굳혔다.

"카르마 보상, 생명의 불꽃을 중급 1레벨까지 올리겠다."

파아앗!

석판에서 뿜어져 나온 빛이 내 몸에 스며들었다.

다시 석판을 보니 생명의 불꽃이 중급 1레벨로 올라 있는 것을 확인할 수 있었다.

이제 남은 것은 700카르마였다. 자, 이걸 어디에 쓸까?

'일단 정령술은 올릴 필요가 없지.'

생명의 나무에 가까이 있어도 정령술 레벨이 오르는 것을 확인했다. 공짜로 올릴 수 있는데 뭐 하러 카르마를 쓴단 말인가?

"카르마 보상, 체력보정의 레벨을 올리겠다."

—체력보정(보조스킬)의 레벨이 올랐습니다.

―체력보정(보조스킬): 체력을 비약적으로 강화합니다.

*중급 1레벨: 인간의 한계를 넘어선 체력을 얻습니다.

―잔여 카르마: +300

인체의 한계를 넘어선 체력! 바로 강천성이 보여주었던 그 수준이었다.

다음에는 일사천리였다.

"운동신경의 레벨을 올린다."

―운동신경(합성스킬): 몸을 움직이는 요령이 향상됩니다.

*초급 3레벨

―잔여 카르마: +100

알뜰살뜰하게 썼더니 100카르마밖에 안 남게 되었다.

이걸로는 레벨을 올릴 수 있는 스킬이 없었다.

'그럼 보조스킬을 하나 습득할까?'

보조스킬을 얻으면 스킬합성의 재료로 쓸 수 있게 된다.

나는 그것이 좋다고 여겨 석판에게 카르마 보상으로 습득할 수 있는 보조스킬을 목록을 보여 달라고 했다.

여러 가지 보조스킬 목록 중에 재미있는 것이 눈에 띠었다.

21. 순간이동(보조스킬): 원하는 방향으로 공간을 도약할 수 있습니다. 이동 방향을 생각하며 '순간이동' 이라고 말씀하세요.

　＊초급 1레벨: 거리 1m, 쿨타임 1시간 (─100)

　초급 1레벨이다 보니 이동거리는 고작 1미터.

　하지만 이건 아주 유용한 스킬이었다. 위급한 순간 이걸 사용하면 공격을 피할 수 있는 것이다.

　뿐만 아니라 벽이나 문 등을 통과할 수도 있다.

　또한 내가 가진 스킬과 합성하면 어떤 스킬이 만들어질지 기대되기도 했다.

　'분명히 쓸모가 있을 거야.'

　"순간이동을 습득하겠어."

　─순간이동(보조스킬)을 습득하셨습니다.

　─잔여 카르마: 0

　"이제부터가 재미있겠다. 스킬합성!"

　─합성에 사용할 스킬이나 아이템을 선택하십시오.

　1. 합성 가능한 스킬: 정령술(실프), 정령술(카사), 체력보정, 길잡이, 순간이동

　2. 합성 가능한 아이템: 모신나강, 아이템백, 아라크네 장갑

　　＊합성에 사용한 아이템은 소멸됩니다.

"정령술 실프와 순간이동을 합성한다."

―정령술(실프)과 순간이동(보조스킬)을 합성합니다.
―합성실패.

"쳇, 그럼 카사와 순간이동을 합성한다."

―정령술(실프)과 순간이동(보조스킬)을 합성합니다.
―합성실패.

"그럼 체력보정과 순간이동은?"

―체력보정(보조스킬)과 순간이동을 합성합니다.

파앗!

―합성 성공. 투과(합성스킬)를 습득했습니다.
―투과(합성스킬): 날아오는 작은 물체를 신체에 지장 없이 투과시
킬 수 있습니다.
　*초급 1레벨: 3초간 효과 지속, 쿨타임 1시간

"됐다!"

나는 뛸 듯이 기뻤다.

만들어진 투과 역시 순간이동과 마찬가지로 위급 시에 상대의 공격을 피하는 데 유용했다.

'좋아, 계속 합성해 봐야지.'

스킬 테스트는 있다가 산장에서 해도 된다.

"길잡이랑 순간이동 합성."

―길잡이(보조스킬)와 순간이동(보조스킬)을 합성합니다.

―합성실패.

실패구나. 스킬을 하나밖에 만들지 못하다니 조금 아쉬웠다.

그런데 아쉬운 내 시선에 문득 합성 가능한 세 아이템의 이름이 들어왔다.

모신나강과 아이템백, 아라크네 장갑.

'아이템도 시도해 볼까?'

실패하면 상관없는데, 쓸모도 없는 엉뚱한 스킬이 만들어지면 아이템만 날리는 셈이라 그게 더 위험했다.

'일단 모신나강은 제외. 이건 중요한 무기니까.'

나는 합성을 시도해 보았다.

"아라크네 장갑과 순간이동을 합성한다."

―아라크네 장갑과 순간이동(보조스킬)을 합성합니다.

―합성실패.

그럼 이제 남은 것은 아이템백이었다.

"이건 뭔가 나올 것 같긴 한데."

아이템백은 시험의 문을 통과할 수 있게 해주는 물건 넣는 가방.

순간이동은 공간을 도약하는 스킬.

둘 다 공간과 관련된 개념이었다. 둘을 합성하면 뭔가가 나올 것 같았다.

'해보자.'

실패하면 오딘한테 아이템백 하나 줄 수 없냐고 조르면 되겠지 싶었다.

일단은 아이템백 안에 든 물건을 모조리 꺼냈다.

"아이템백과 순간이동을 합성한다."

―아이템백과 순간이동(보조스킬)을 합성합니다.

파앗!

―합성 성공. 가공간(합성스킬)을 습득했습니다.

―아이템백이 소멸됩니다.

―가공간(합성스킬): 가상의 공간을 만들어 물건을 수납합니다. '넣어', '꺼내' 명령어로 수납이 가능합니다.

  *초급 1레벨: 5㎝×5㎝×5㎝

'대박이다!'

복권에 당첨된 듯한 짜릿한 흥분이 밀려왔다. 아이템백보다 훨씬 편한 수납공간이 생긴 것이다.

나는 아이템백에서 꺼냈던 물건에 손을 얹고 말했다.

"넣어."

슈슉!

총알과 물병, 다용도나이프 등이 사라졌다.

나는 그중 물병을 떠올리며 말했다.

"꺼내."

슉!

물병이 내 왼손에 나타났다.

'끝내준다!'

이걸로 도둑질도 할 수 있을 것 같았다. 물론 그딴 짓은 안할 거지만.

이렇게 해서 카르마 보상을 완료했다. 이번에도 카르마를 아주 알뜰살뜰하게 잘 썼다는 생각에 보람이 느껴졌다.

*   *   *

"이놈아! 왜 이렇게 늦게 왔어? 잘리고 싶어?"

"그간 감사했습니다."

"허헛, 누구 마음대로?"

박진성 회장은 포르쉐 카이엔에서 내린 나에게 다가와 와락 포옹을 했다.

얼마나 내 무사 귀환을 염원했을지 보여주는 태도였다.

물론 자신의 병 치료 때문이겠지만, 그대로 환대해 주니 나도 기분은 나쁘지 않았다.

난 뭐 공짜로 치료해 주냐? 엄청난 돈과 지원을 받아 재꼈는데.

"왔으면 하나 줘봐."

"흐음……."

"왜 인마?"

"그게 말이죠. 흐으음……."

"아, 뭔데, 이놈아! 돈 더 달라고?"

"예."

"인석아, 아무리 내가 재벌이라지만 너무 날강도 심보 아니냐? 내가 그동안 적게 줬어?"

"아뇨, 그게 말이죠. 제가 생명의 불꽃을 중급 1레벨까지 올렸다고요. 이번엔 질병 치료까지 확실히 효과가 있다고 설명되어 있었어요."

"그게 정말이야?"

"믿기 싫음 말든가요."

"이놈이!"

나는 박진성 회장이 날리는 꿀밤을 슬쩍 피했다.

"어쭈? 저놈 잡아!"

박진성 회장이 경호원들에게 소리쳤다.

'헐.'

나는 제자리에서 훌쩍 도약하여 옆에 있던 커다란 노송(老松) 위로 올라갔다.

이제 내 육체는 인간의 한계를 초월했기 때문에 이 정도는 껌이었다.

경호원들은 멍하니 나무 위를 바라보다가 어찌할 바를 모르고 머리를 긁적이며 웃었다.

나무 위에서 나는 박진성 회장에게 말했다.

"얼마 주실 거예요? 이번엔 더 확실하게 효과가 있을 텐데."

"일단 먹어보고 검진을 통해 얼마나 효과가 있는지 확인해 본 뒤에 책정하자. 내가 어제도 검진을 받아봤기 때문에 차이를 뚜렷하게 알 수 있어."

'뭐, 박진성 회장이 돈 아낄 사람은 아니지.'

나는 고개를 끄덕였다.

"좋아요."

"그럼 내려와, 이놈아."

노송에서 내려온 나는 생명의 불꽃을 펼쳤다.

화륵!

손바닥 위에 생긴 불덩어리. 이제는 구슬만 한 불꽃이 아니라 주먹만 한 불덩어리였다.

"어이쿠, 크다."

박진성 회장의 얼굴에 화색이 돌았다.

"한입에 다 먹지 못하겠는데."

"생각해 보니까요, 군이 먹을 필요는 없지 않을까요?"

"그럼?"

"그냥 몸에 밀어 넣으면 되지 않을까요?"

생명의 나무에 불꽃을 매일 불어넣었던 경험상 한 말이었다.

그 말에 박진성 회장은 잠시 고민하다가 자신의 가슴 아래쪽에 불덩어리를 갖다 댔다.

'위암인가?'

위가 있는 쪽에 생명의 불꽃을 넣는 걸 보니 그럴 거라고 추측했다.

불덩어리가 박진성 회장의 몸에 스며들었다.

"허, 그냥 이러면 되는 건데. 그동안 괜히 먹었잖아."

"어르신들 특징이잖아요. 좋은 건 일단 입에 넣는 거."

"시끄러워."

"좀 어때요?"

"허허, 이걸 뭐라도 해야 하나. 정말 좋은데, 참 좋은데 말로 할 수가 없네."

박진성 회장은 자신의 몸을 둘러보며 신기해했다.

아마 하루에 2개씩 만들 수 있다고 하면 눈이 뒤집히겠지?

"오랜만에 사냥이나 할까?"

"그러죠."

우리는 장비를 챙겨들고 사냥에 나섰다. 오늘따라 박진성 회장은 기운이 넘치는지 앞장서서 걷기까지 했다.

"이건 건강할 때보다 몸이 더 좋아진 것 같네."

아주 신 나셨군.

하지만 한 시간쯤 산을 다닌 우리는 잠시 쉬기로 했다.

바위에 걸터앉아 쉬면서 박진성 회장이 물었다.

"시험은 어떻게 됐어?"

"클리어입니다."

"이야, 잘했네. 노르딕 시험단에 도움을 요청한 보람이 있는 거네?"

"예, 뭐 그렇죠."

사실 4회차 시험 내내 싸움과는 관련 없는 나날을 보냈지만.

오딘이 정말 군대를 파견해서 실버 씨족을 토벌했는지는 확인 못 했다.

그러고 보니 오딘도 시험이 끝났을지 모르겠네. 한번 연락을 해볼까?

"다음 시험은 어떨 것 같아?"

"다음 시험도 어렵지 않을 것 같습니다."

"그래? 잘됐군."

내 생각대로 흘러간다면 다음 5회차에서 나는 아주 강해질 것이다.

생명의 나무를 통해 정령술을 강화하고, 시험을 클리어해서 받은 카르마로 스킬 레벨을 올릴 것이다.

해질 무렵이 되어도 사냥감을 찾을 수가 없었다.

"실프를 소환할까요?"

"됐어."

박진성 회장은 고개를 저었다.

"힘들고 때때로 실패도 해야 사냥이 재미가 있지."

그것은 박진성 회장의 인생철학처럼 들렸다.

"그게 회장님의 사업가로서의 철학인가요?"

"응? 뭔 헛소리야? 사업은 실패하면 재미없어."

"……."

"먹여 살려야 하는 임직원이 몇 명인데 실패가 좋겠어? 넌 시험이 재미있어? 이거 웃긴 놈일세."

괜한 소리를 했다가 본전도 못 건졌다.

박진성 회장은 어서 병원에 가서 검진을 받아보겠다며 떠나 버렸다.

나는 습득한 스킬들을 테스트해 보면서 수련을 할까 싶었지만, 오늘은 늦었기에 돌아가 보기로 했다.

민정이 너무 보고 싶었다. 내 입장에서는 30일이나 못 봤다고.

스마트폰을 꺼내 민정에게 전화를 걸었다. 아마 이 시간이면 집에 있겠지.

―여보세요?

민정의 목소리가 반갑게 들렸다. 그런데 그녀의 목소리와 함께 시끄러운 음악이 들린다.

빠른 템포에 비트 넘치는, 춤이라도 추고 싶어지는 이 음악은 설마…….

"미, 민정아, 너 지금 어디야?"

나는 설마 싶어서 떨리는 목소리로 물었다.

—어디일 것 같은데요?

"그, 설마 클럽이야?"

그러자 민정의 깔깔거리는 웃음소리가 들렸다.

시끄러웠던 음악이 갑자기 뚝 사라졌다.

—집인데요?

엥?

"그럼 그 음악은 뭐야?"

—오빠 전화 받으면 쓸려고 받아놓은 브금이죠.

날 놀린 거냐!

"민정아, 오빠가 심장이 좀 약해. 다시는 그러지 말아주련?"

—흥, 자기 볼일만 보고 가버린 주제에.

갑자기 한 달 전의 일이 떠올랐다.

"그런 게 아니래도."

—흥, 몰라요.

"아무튼 금방 갈게."

—맘대로 해요.

그러면서 먼저 뚝 끊어버리는 민정이었다. 화 안 났으면서 삐친 척하긴. 오늘은 뭔가 기쁘게 해달라는 뜻이로군.

'선물이나 사가야겠다.'

한 달 만에 보는 터라 뭔가를 선물해 주고 싶었다.

　　　　*　　　　*　　　　*

딩동—

—신문 안 봐요.

인터폰으로 민정이 말했다.

"인터폰으로 내 얼굴 보이는 거 다 알거든?"

—신문 안 본다고요.

"저기 인터폰 고장이지? 아니, 하다못해 내 목소리는 들리잖니."

—아, 끈질기네. 신문 안 본다니까요?

"선물 사왔어."

—오빠~!

곧바로 문이 열리고 민정이 뛰쳐나와 나를 끌어안았다.

나는 웃으며 민정을 안고 한 손으로 번쩍 들어 올렸다. 꺅하고 민정이 비명을 질렀다.

다른 손으로 문을 닫고 안으로 들어갔다.

품에 안긴 채 신 나라 하던 민정은 내가 침대 위에 눕혀놓자 표정이 새초롬하게 변했다.

"뭐예요?"

"응? 뭐가?"

"왜 또 침대야? 혼날래요?"

"아, 나도 모르게."

흑, 난 널 못 본 지 30일이나 됐단 말이야! 넌 어제도 봤겠지
만.

"선물이나 줘 봐요, 선물."

나는 크로스백에서 마카롱이 가득 든 상자를 꺼냈다.

"꺅, 맛있겠다!"

민정은 내 뺨에 가볍게 입을 맞추고는 커피랑 같이 먹자며
부엌으로 달려갔다. 빠르게 에스프레소 두 잔을 내려와 마카
롱과 함께 티타임을 가졌다.

"생각보다 센스 좋네요."

"땡큐."

"대뜸 비싼 선물이라도 사왔으면 웃겼을 텐데, 히히히."

"하, 하하······."

"응? 표정이 왜 그래요 오빠?"

"아, 아냐."

"······."

"······."

"······꺼내 봐요."

"응······."

순순히 대답하면서 나는 크로스백에 손을 집어넣었다.

'내 손이여! 제발 힘내라!'

가방 안에 손을 넣은 채 나는 포장을 뜯고 브랜드의 로고가
박힌 상자를 열었다. 그리고 그 안에 있던 목걸이를 꺼내보였
다.

"어머, 예쁘다!"

블랙스톤으로 장식된 예쁜 목걸이였다. 매장 여직원이 골라 준 건데 내가 봐도 예뻐서 샀다.

목걸이를 유심히 바라보며 감탄을 거듭하던 민정은 돌연 나를 째려보았다.

"이거 얼마예요?"

"4, 4만 원."

"이게요? 거짓말!"

"길거리에서 팔기에 샀어."

"진짜요? 그럼 모조품인가 봐요. 우와, 진짜랑 완전 똑같다."

"그, 그래? 난 그런 거 잘 몰라서."

난 몰라도 인터넷 지식검색은 목걸이 브랜드를 잘 알더라.

지도 어플이 매장 위치도 잘 알고.

"히히, 아는 언니가 이거 갖고 있는데. 정품이랑 완전 똑같다. 진짜 마르니 목걸이 같아."

"조, 좋아하니까 다행이다."

저게 백만 원이 넘어가는 정품이라는 사실은 절대로 들키지 말아야지. 마르니 매장에서 모조품을 판매할 리는 없거든.

"걸어줘요, 오빠."

"응."

나는 목걸이를 두 손으로 받아 들고 민정의 뒤로 갔다. 하지만 그건 속임수였다. 민정이 기다렸다는 듯이 내 크로스백으로 달려들었다.

"아, 안 돼!"

"에잇!"

민정은 크로스백에서 마르니 로고가 새겨진 상자와 뜯겨진 포장박스를 꺼냈다.

"얼씨구? 그 틈에 가방에 손 넣어서 포장 뜯고 상자 연 거예요? 진짜 손재주도 좋으셔."

운동신경을 초급 3레벨로 올렸더니 손재주도 좋아지더라.

"얼른 불어요. 얼마예요?"

"……백만 원 살짝 넘더라."

"미쳤어, 미쳤어!"

민정이 손바닥으로 내 어깨를 마구 때렸다.

"아주 호구 인증 하려고 작정했어요? 그러니까 현지가 그렇게 오빠 걱정을 하죠!"

"어, 억울해……."

"억울하긴 뭐가 억울해요!"

난 30일 만에 널 보는 터라 기뻐서 선물을 산 것뿐이라고!

……민정의 입장에서는 매일 본 사인데 대뜸 비싼 선물을 사왔으니 그렇게 보이긴 하겠다.

"환불해요."

"싫어."

"얼른 안 해요? 만난 지 얼마나 됐다고, 이렇게 비싼 거 못 받아요."

"몰라, 몰라, 환불 못해. 안 해."

나는 목걸이 상자를 마구 구기고 찢었다.

"꺅! 이럼 환불 못 하잖아요!"

"안 해, 그냥 가져. 그냥 사주고 싶었을 뿐이야."

민정은 나를 째려보았다.

"안 되겠네요. 오빠는 벌을 받아야겠어요."

"벌?"

스마트폰을 꺼내는 민정.

"포, 폰은 왜 꺼내니?"

목걸이를 목에 걸고는 갑자기 손으로 브이를 하며 셀카를 찍는다.

그리고 메신저로 사진을 보내는데 받는 사람은 바로……

"안 돼!"

나는 절규를 했지만 이미 늦었다.

[오빠한테 받았다. ∧∧ 마르니 ♡]

그 직후, 내 스마트폰에 누군가의 메시지가 도착했다.

[현지: 야, 이 미친 호구야! 돈 많냐??]

"크으윽……!"

나는 OTL 자세로 좌절했다. 그런 나에게 민정이 손짓했다.

"헤헤, 오빠. 아무튼 선물은 고마워요. 정말 예뻐요."

"됐어……."

"아이, 삐쳤어요?"

"……."

"이리로 와요, 오빠."

잠깐 강한 유혹에 움찔했지만 그래도 버텼다. 정말 삐쳤다. 진짜로 현지한테 이르다니!

'난 호구 아니야. 부자란 말이야. 껌 하나 준다고 아까울 리가 없잖아!'

통장에 쌓인 돈만 19억인데 목걸이 하나 사주는 게 아깝겠나?

"이래도 안 와요?"

민정은 옷을 하나씩 벗기 시작했다.

사락사락 하나씩 옷이 떨어질 때마다 나는 움찔움찔했다.

결국 내가 선물한 목걸이만이 그녀의 몸에 남았을 때, 인내심을 상실했다.

뜨거운 열기가 사그라질 즈음, 민정은 내 품에 안긴 채 속삭였다.

"이런 거 안 줘도 돼요. 오빠만 계속 곁에 있어주세요. 전 정말 그거면 돼요."

……그거야말로 나로서는 장담할 수 없는 일이었다.

나는 그렇게 오랜만에 재회한 민정을 품에 안고서 잠들었다.

스마트폰을 꺼놔야 한다는 사실을 그땐 몰랐다.

*   *   *

스마트폰의 진동음에 민정은 잠결에 반사적으로 손을 뻗었다.

옆에는 값비싼 선물을 준 남자가 곤히 잠들어 있었다.

부스스 뜬 눈으로 폰 화면을 바라본 민정은 순간 자신의 눈을 의심했다.

[박진성 회장: 매일 10억씩. 금액이 너무 크니까 스위스에 계좌를 따로 개설해 둬.]

잠이 확 달아났다. 그제야 그게 자신의 스마트폰이 아님을 깨달았다.

민정은 후다닥 폰 화면을 끄고 내려놓았다. 이불을 뒤집어 썼다.

심장이 마구 요동쳤다. 가슴 떨려서 민정은 진정할 수가 없었다. 민정은 현호의 품에 파고들었다.

'머릿속에서 지워 버려야 해. 저건 현호 오빠의 일이야.'

하지만 자꾸만 신경 쓰이는 건 어찌할 도리가 없었다.

매일 10억씩이라니?

박진성 회장이라니?

스위스 계좌?

진성그룹에서 왔다는 남자들과 실랑이를 벌였던 그날 밤의 일이 다시 떠오른다. 그럼 정말 그 박진성 회장이란 말인가?

'오빠는 대체 어떤 사람일까?'

곤히 잠든 현호의 얼굴을 보며 민정은 불안함을 느꼈다.

민정은 더 깊이 그의 품에 파고들었다.

"으음……."

현호는 잠결에 그녀를 안아주었다.

'오빠, 안 돼요.'

민정은 현호의 따스한 체온을 느꼈다.

'그때 했던 말 취소할래요. 어디서나 볼 수 있는 평범한 사람이 되어주세요.'

김현호에게 호감이 든 이유는 그가 남들과 다른 대단한 남자라고 생각되어서였다.

하지만 이제는 그게 두려웠다.

자신이 감당할 수 없는 남자일까 봐, 그의 곁에 있기에는 자신이 너무 부족할까 봐.

이제는 그저 호감이 아니라 진심으로 현호가 좋았다.

비싼 선물, 장밋빛 미래, 모두 필요 없었다. 그저 언제까지나 함께 있을 수 있었으면 했다.

민정은 정말로 그것만을 원했다.

*   *   *

아침 햇살에 눈을 떴는데, 먼저 일어난 민정은 어쩐지 피곤해 보였다.

"잠 제대로 못 잤어?"

"잠을 잘못 잤나 봐요. 도중에 깨서요."

"그래?"

씻고 옷을 입고 스마트폰을 확인해 봤는데, 박진성 회장에게 온 메시지가 보였다.

'매일 10억? 그럼 주급은 70억이네.'

그 정도로 효과가 좋았다는 뜻이리라.

아무튼 일주일에 70억씩!

일개 개인이 받기에는 너무 큰 금액이었다.

박진성 회장의 말대로 스위스 은행의 계좌를 개설하는 게 좋아 보였다. 듣기로 스위스 은행은 고객의 개인정보를 철저히 보호한다고 하니 말이다.

'스위스가 덴마크랑 가깝던가?'

스위스에 가는 김에 덴마크도 한번 들러서 오딘을 만나보는 것도 나쁘지 않겠다.

그러고 보니 오딘에게도 한번 연락을 해봐야겠군.

"오빠, 식사하세요."

"응, 땡큐."

식탁에 앉아 민정이 차려준 식사를 했다. 오늘은 소고기와 계란 두부 등이 들어간 완자탕이었다.

"우와, 맛있겠다."

"많이 드세요."

"이거 만드는데 손이 되게 많이 갔겠다. 너무 고생하는 거 아냐?"

"연습 삼아 만드는 건데요 뭐."

나는 민정을 빤히 바라보았다.

민정은 내 시선에 흠칫했다.

"왜요?"

"아니, 오늘따라 왜 저기압인가 해서."

"제가요? 아니에요."

"그래? 그럼 됐고."

평소의 발랄하고 농담도 곧잘 하는 민정답지가 않아서 이상
했다.

'혹시?'

어떤 추측이 떠올랐다.

설마 아니겠지 싶었지만 한번 의심을 해보니 오늘따라 민정
이 피곤해 보이는 것도 설명이 되었다.

한번 확인해 볼까?

나는 스마트폰을 들고 다시 한 번 무언가를 확인하는 시늉
을 했다. 눈동자는 화면을 향하지만 민정의 반응을 주시했다.

역시나.

민정은 나를 힐끔힐끔 보고 있었다. 스마트폰의 내용이 신
경 쓰이는 기색이 역력했다.

'민정아⋯⋯.'

나는 복잡한 심정이 되었다.

어쨌거나 모른 척하고 식사를 했다. 완자탕은 맛있었다. 역
시 훌륭한 솜씨였다.

그런데 문득 민정이 조심스럽게 입을 열었다.

"오빠."

"응?"

"죄송해요, 오빠."

민정은 내 곁에 바짝 다가와서 말했다.

"뭐가?"

그녀는 고개를 푹 숙였다.

"간밤에 잠결에 실수로 오빠 폰 봤어요. 저한테 온 문자인 줄 알고요."

"휴우."

비로소 나는 안도의 한숨을 내쉬었다. 민정을 와락 끌어안 아주었다.

"오, 오빠?"

"말해줘서 고마워."

"오빠……."

그제야 민정도 상황을 알아차린 듯 울먹거렸다.

"오빠 폰 봐서 죄송해요."

"아냐, 잠결에 실수했을 뿐인데."

"죄송해요, 히잉. 그 뒤로 잠을 잘 수가 없었어요."

"많이 신경 쓰였지?"

"네."

민정은 내게 바짝 붙으며 속삭였다.

"오빠, 저 미운 거 아니죠?"

"에이, 아니야."

나는 민정의 머리를 쓰다듬어주었다.

나는 박진성 회장에게서 온 문자 내용에 대해서 간단히 해명했다.

　"박진성 회장하고는 사업 관계야. 내가 친구들이랑 간단히 창업을 했는데, 우리 아이디어가 우연히 박진성 회장의 관심을 받아서……."

　물론 이번에도 엉뚱한 스토리를 펼치기 시작한 나였다.

　현지에게 말했던 창업설과 어느 정도 일치하는 이야기니 변명하기 좋다고 여겼다.

　"그럼 오빠 사업 성공해서 부자 되는 거예요?"

　"그럼. 이미 부자지."

　"그래서 어제 그런 비싼 선물을 사온 거네요?"

　"음, 그건 내가 호구라서 그렇지 뭐."

　"히히히, 아니에요. 능력 있는 남자는 호구 아니에요."

　"이미 늦었어. 난 호구야."

　"아이, 오빠아아."

　민정은 식사 내내 내 옆에서 아양을 떨었다.

＊　　　　＊　　　　＊

　오전 수업이 있다는 민정을 학교로 데려다 주고, 바로 산장으로 출근했다.

　언제나처럼 박진성 회장에게 생명의 불꽃을 주었다.

　"말씀대로 스위스 좀 다녀오려고요."

"다녀와."

"2박 3일로 다녀올게요."

"계좌 하나 개설하는데 무슨 2박 3일이야? 이번엔 난 못 따라가."

"관광도 하고 덴마크도 다니 다녀오려고요."

"아, 촌놈, 그놈의 관광……."

"외국 많이 다녀봐서 좋으시겠네요. 아무튼 그냥 하루 이틀은 불꽃 굶으세요."

"에잉, 언제 갈 건데?"

"글쎄요. 일단 오딘에게 전화해 보고요."

"마음대로 해. 하루 이틀 정도는 걸러도 되니까."

"웬일이세요?"

"어제 검진 받아봤는데, 암세포가 확실하게 줄었더라. 의사 말이 이런 추세로 암세포가 줄면 20일 이내에 완쾌될지도 모르겠대."

"잘됐네요."

"완쾌되면 다시 한 번 크게 사례할 테니까 그 점은 염려 마."

"염려 안 해요. 대한민국 최고 갑부인데 어련히 잘 챙겨주시겠어요."

"흐흐, 녀석. 넌 인마 돈 벌 길이 널리고 널렸어."

나는 무슨 뜻이냐는 얼굴로 바라보았다.

박진성 회장이 말했다.

"미래자동차 한만영 회장도 요즘 건강이 안 좋대. 우리 나이 되면 다들 그렇게 고장 나는 거지 뭐."

"아!"

정말로 돈 많은 부자 중에서 나이 들어 병든 사람이 한둘이 아닐 터였다.

'이러다 진짜 엄청난 부자가 되겠네.'

수백억대가 아니라 수천, 아니, 수조 원의 재산을 축적할 수 있을지도 몰랐다.

하지만 다시 생각해 보니 그럴 필요까지 있나 싶었다.

"제 능력에 대해서는 그냥 비밀로 해주세요."

"왜?"

"돈 많아서 뭐해요? 괜히 귀찮게 될 것 같아요."

"하기야 그도 그렇지. 여기저기서 노인네들이 귀찮게 찾아와서 시험 준비에 방해될지도 모르고."

"그렇죠."

"알겠어. 내 함구하지."

"감사합니다."

"뭘, 살려줘서 내가 고맙지."

그날은 순간이동과 투과 두 스킬을 테스트하며 시간을 보냈다.

나무 앞에서 순간이동을 하니, 정말로 나무를 통과하였다.

처음에는 조금 현기증이 느껴졌는데, 쿨타임 1시간이 지날 때마다 계속 시도해 보니 익숙해졌다.

투과의 경우, 돌멩이를 위로 던진 후에 스킬을 펼쳐서 테스트했다. 돌멩이가 내 몸을 통과하여 땅에 떨어졌다.

'이건 조심히 써야겠다.'

투과의 지속시간은 3초.

3초 동안 모든 것이 내 몸을 그냥 통과하는 것이다.

하지만 3초가 끝났을 때, 뭔가가 내 몸을 다 통과하지 못했다면?

그럼 내 몸 안에 그 뭔가가 들어 있는 끔찍한 상황이 벌어질 수 있었다.

'정말 웬만하면 쓰지 말자.'

아주 심각한 위기 상황이거나, 안전하게 쓸 수 있다고 확신할 수 있을 때 사용해야겠다.

아니면 스킬 레벨이 높아져서 효과 지속 시간이 늘어나던가. 지속시간이 길면 안심하고 펼칠 수 있으니까.

그렇게 수련을 하고 있을 때였다.

마침내 기다렸던 전화가 왔다.

ㅡ김현호 씨?

"예, 오딘 씨."

노르딕 시험단의 오딘이었다.

ㅡ시험이 끝나자마자 전화하는 거요. 무사해서 다행이군.

"지금 끝나신 거예요?"

ㅡ그렇소. 약 40일간 아레나에 있었소. 그런데 시험은 클리어했소?

"예."

―휴우, 정말 다행이군! 도움이 못 돼서 미안하오.

"예? 그게 무슨 말씀이신지?"

―응? 몰랐소? 토벌은 실패했소.

"실패요?"

―이상하군. 이번 4회차 시험이 라이칸스로프와 관련된 것이 아니었소?

"관련이 아주 없지는 않았죠. 하지만 라이칸스로프와 싸울 일은 없었습니다. 그런데 실패라니, 오딘 씨가 보낸 군대를 격퇴할 정도로 실버 씨족이 강했던가요?"

―실버 씨족이 아니오. 충성심이나 실력이나 믿을 만한 봉신기사에게 병사 3백을 주어 토벌 보냈소. 그깟 라이칸스로프는 문제도 아니었소.

"그럼 무슨 일이 있었던 겁니까?"

―바스티앙 자작가를 기억하시오?

"예, 폭정으로 영지의 백성들을 괴롭힌다는……."

―그놈들에게 당했소. 구사일생으로 살아 돌아온 봉신기사에게 들으니, 불귀의 숲에 진입했는데 뜬금없이 바스티앙 자작가의 군대가 나타나서 기습했다더군.

"……!"

나는 실버 씨족과 바스티앙 자작가를 연계 지어 생각해 보았다.

아레나의 상황에 대하여 전보다 훨씬 많은 것이 설명되기 시작했다.

─일단 만나서 얘기하는 게 어떻소?

"그러죠. 제가 언제 찾아뵈면 되겠습니까?"

─아무 때나 상관없소. 아차, 아니지. 나도 준비 시간이 따로 필요하겠군.

"준비 시간이요?"

─약속을 못 지켰잖소. 다른 걸로 그 보상을 하고 싶은데, 혹시 필요한 아이템이 있소?

"예? 아니, 굳이 그러실 필요까지는 없는데……."

─박진성 회장에게 받은 돈도 있고, 무엇보다 약속을 어겼으니 내 명예 문제요. 내가 약속을 지키지 못하는 바람에 당신이 죽을 수도 있었잖소?

아니, 죽을 일은 없었겠지.

말은 안 했지만, 엘프 마을에서 한가롭게 보냈거든.

─1,000카르마 이내에서 뭐든 들어줄 테니 말만 하시오.

"처, 천 카르마? 그렇게나?!"

─적지는 않으나, 나에게는 그리 큰 부담도 아니오.

"그럴 리가요. 시험자에게 카르마는 아무리 적은 양도 소중하잖습니까. 그러실 필요까지는 없습니다. 어차피 오딘 씨의 도움이 필요할 때는 나중에 또 올 겁니다."

─그냥 한번 말해보시오. 혹시라도 내가 이미 가지고 있거나, 아레나에서 구할 수 있는 물건이면 굳이 카르마를 쓰지 않아도 되니까.

"그, 그럼……."

나는 고민 끝에 조심스럽게 말했다.

"혹시 소총을 구할 수 있겠습니까?"

—소총?

"예, 제가 모신나강을 가지고 있는데 여러 가지로 불편한 점이 많아서요."

—모신나강이라. 상당한 구식 소총이군. 불편할 만도 하오.

"역시 소총은 카르마를 써서 아이템화하지 않고서는 구하기 어렵겠죠?"

말해놓고도 나는 부끄러워서 물어보았다.

그런데 뜻밖에도 오딘은 웃으며 답했다.

—아니, 그거라면 마침 아레나에서 구할 방법이 있소. 카르마를 쓰지 않아도 되지.

8장

건 스미스

　―시험자들 가운데 총기 전문가가 하나도 없을 거라고 생각
하시오?

　"총기 전문가요?"

　―그렇소. 총기류를 제작하는 메인스킬을 가진 시험자가 노
르딕 시험단에 있소.

　"아!"

　그런 시험자가 있었다니!

　확실히 있을 법했다.

　지구의 현대인이라면 누구나 목숨 걸린 싸움에서 총기류를
사용하고 싶다는 생각을 했을 테니까. 나처럼 말이다.

　―제한도 있고 해서 아무에게나 총을 주지는 않지만, 나는

아무나가 아니지. 그럼 사흘 뒤에 코펜하겐에 오시오. 그때 거기서 뵙겠소.

"알겠습니다."

통화를 종료하고서 나는 대충 계획을 잡았다.

내일 스위스로 가서 계좌 개설하고 바로 덴마크로 가는 게 좋을 듯했다.

난 일단 박진성 회장에게 문자를 보내서 일정을 설명하고 통역을 구해달라고 부탁했다.

그런데 돌아오는 대답은 뜻밖이었다.

─전부 준비해 놨어. 넌 그냥 다녀오면 돼.

"정말요?"

─너 혼자 잘도 티켓 끊고 호텔 잡고 계좌 개설하고 하겠다. 내가 널 알지, 이놈아.

"하하……."

─게다가 내가 스위스 계좌라고 했다고 스위스의 아무 은행인 줄 알지?

"그럼 아니에요?"

─신문 좀 보고 살아. 스위스 은행 요즘 한물갔어. 우리나라랑 조세협약 맺어서 뒷돈 못 숨겨.

"잘 아시네요. 많이 해보신 분처럼."

─시끄러. 아무튼 내가 말한 은행은 따로 있어. 전 세계 시험자를 위한 은행이지.

"네? 그런 게 있었나요?"

—시험과 아레나에 대한 모든 사항은 대중에게 공개할 수 없어. 때문에 시험자가 마정을 팔아서 거두는 소득을 설명할 길도 없지.

　그건 그렇다.

　그래서 나도 스위스 은행에 계좌를 만들려고 하는 거고.

　—돈을 적게 버는 시험자는 월급 같은 명목으로 위장하면 되는데, 너처럼 큰돈을 받는 거물급 시험자는 그러기가 좀 난감하단 말이야.

　"그런 시험자들을 위한 은행이군요?"

　—그래, 스위스가 그런 쪽으로 재미를 본 놈들이잖아. 고기도 먹어본 놈이 잘 먹는 거야.

　한마디로 미국이 온갖 협박을 하며 개인정보를 요구해도 절대로 들어주지 않는 초강력 보안의 특수은행이란다.

　—아무튼 준비 다 해뒀고, 오늘 중으로 너한테 연락이 갈 거야.

　"예, 감사합니다."

　박진성 회장을 알게 되고서 느끼는 건데, 정말 일처리가 빠르고 빈틈없다. 저러니까 사업을 잘하지 싶었다.

　박진성 회장 덕분에 여행 준비가 간단해졌다.

　나는 민정에게도 얘기해 두기로 하고 전화를 걸었다.

　—오빠?

　"응, 나야."

　—일하는 중 아니세요? 히히, 내가 보고 싶어서 못 참았구나?

건 스미스　227

"당연하지."

남들이 들으면 닭살 돋을 만한 대화를 주고받으며 시시덕거리다가 내가 말했다.

"민정아, 나 내일부터 2박 3일 정도 외국에 다녀올 거야."

―스위스요?

역시 안 잊어버렸구나. 그 문자.

"응. 스위스랑 덴마크."

―오빠…….

"응?"

―내가 너무~ 너무~ 사랑하는 오빠!

갑자기 애교가 듬뿍 들어간 목소리가 된 민정.

난 곧바로 그 뜻을 알아차렸다.

"너도 같이 갈래?"

―히히, 따라가도 돼요?

"응, 내가 볼일 볼 땐 따로 관광하면 되니까. 근데 여권 있어?"

―네, 작년에 현지랑 지현이랑 도쿄 놀러갔다 왔거든요.

"오케이, 그럼 당장 준비해. 내일 출발할지도 모르니까. 비용은 내게 맡기고."

―네~!

민정의 목소리가 갑자기 활기차졌다.

이제 박진성 회장이 붙여준 사람한테 오늘 연락이 오면 비행기 한 자리 더 예매해 달라고 해야겠다.

그보다 민정과 함께 유럽에서 보내는 2박 3일이라니. 흐흐흐, 정말 흐뭇한 유럽 여행이 되겠구나.

상상만으로도 달콤한 기분이 들어서 오늘따라 포르쉐 카이엔이 날아갈 것 같았다.

그런데 집에 돌아왔을 때였다.

"오빠!"

내가 오자마자 현지가 득달같이 달려왔다.

"뭐냐, 닭강정 소녀?"

현지는 갑자기 납작 엎드려 내 바짓가랑이를 꽉 붙잡는다.

"이, 이게 무슨 짓이야?"

일단 나를 도망 못 가게 꽉 붙잡은 후에야 비로소 현지는 본색을 드러냈다.

"나도 갈 거야! 나도 유럽 갈 거야! 스위스! 덴마크!"

……유민정!

내 여친은 왜 이렇게 입이 싼 거야? 현지랑 일심동체냐?

"야, 이 눈치 없는 사백아! 커플끼리 여행 가는데 끼지 좀 마라!"

"흐아아앙! 나도 갈 거야! 스위스! 덴마크!"

"안 돼! 넌 공부나 해!"

"씨이! 민정이 그 계집애한테만 돈 펑펑 쓰고! 무슨 오빠가 동생은 하나도 안 챙겨줘?!"

"얼마 전에 나한테 용돈 받은 건 벌써 잊었어? 치매냐?"

"흐아앙, 나도 갈래! 나도 데려가! 나도 여권 있단 말이야!"

"그래, 여권 있어서 좋겠다. 그러니까 이거 놔!"

"싫어, 안 놔!"

아이고, 내가 미쳐 정말······.

내 기억에 의하면 현지는 어릴 적부터 한번 물면 놓치지 않는 사냥개였다.

특히 사냥감이 나라면 절대로 사냥에 실패하는 법이 없었다. 때문에 내가 어릴 적부터 얼마나 많이 양보를 해야 했던가!

"그럼 까놓고 말하마. 민정이랑 한 방 쓸 거니까 방해하지 마라."

"안 할게!"

"좋아."

결국 내가 허락하자 현지는 좋아서 방방 뛰며 여기저기 전화하기 시작했다. 내일 유럽 간다며 자랑질이다.

"어휴."

난 한숨을 쉬며 방으로 들어갔다.

그때 전화가 왔다.

─김현호 씨?

"예, 누구시죠?"

어쩐지 익숙한 여자의 목소리였다.

─회장님의 지시로 연락드렸습니다. 이수현입니다. 기억나시는지요?

"······엑?"

─후훗, 뭔가 문제라도 있으신가요?

나직이 웃는 이수현의 목소리는 어쩐지 즐거워 보인다.

하필이면 이 여자냐!

"아, 아니요."

─다행이군요. 일단 티켓은 예매해 두었는데 혹시 변동 사항이 있나 해서 전화드렸습니다.

"아, 변동 사항 있어요. 두 자리 더 예매해 주시겠어요?"

─일행이 있으십니까?

"네, 두 사람이요."

─알겠습니다. 그럼 동행 두 분의 영문 이름과 생년월일을 문자로 보내주시면 감사하겠습니다.

"네."

나는 현지와 민정에게 물어서 영문 이름과 생년월일을 이수현에게 보냈다.

*   *   *

다음 날, 이수현이 알려준 시간에 맞춰서 우리는 인천공항에 왔다.

오는 내내 나는 삐쳐 있었고, 민정은 옆에서 열심히 애교 부리며 그런 날 달랬다.

"현지가 갑자기 놀자는데 3일 내내 안 된다고 하니까 어디 가냐고 막 추궁하는 거예요."

"잠깐 집에 다녀온다든가 이유는 많잖아."

"오빠도 사흘간 없을 텐데 당연히 현지가 알아차리잖아요. 거짓말했다고 현지가 삐치면 뒷감당은 어떻게 하고요?"

"맞아, 맞아. 내가 삐치면 어떻게 감당할 거야?"

현지가 고개를 끄덕끄덕하며 뻔뻔스럽게 말한다.

나는 으드득 이를 갈았다.

유럽에서 오붓한 시간이 될 줄 알았거늘! 토익 사백 점짜리 바보가 이렇게 끼어들 줄을 누가 알았겠는가!

"토익 공부나 할 것이지……."

"오빠 점수는 따라잡았거든? 이제 700점 고지도 머지않았어!"

"그렇게 공부했는데 아직도 700이 안 된다니……."

나는 현지의 나쁜 두뇌 성능에 진심으로 치를 떨었다.

그 바람에 울컥한 현지와 티격태격했지만 오랜만에 내가 승리했다.

"이 여행을 누구 돈으로 가더라?"

"……"

"비행기랑 숙식은 내가 낼 테니 나머지 비용은 각자 알아서 하자꾸나."

"오빠, 민정이는요? 민정이도 더치페이예요?"

민정이 내 팔에 찰싹 달라붙어 애교를 떤다. 팔에서 느껴지는 흐뭇한 감촉에 나는 헤헤 멍청하게 웃었다.

"당연히 넌 나한테 맡기면 되지. 돈 걱정 말고 신 나게 놀자."

"오빠 멋쟁이!"

"흐흐흐."

이 돈 많은 호구 오빠만 믿으려무나.

그때 현지가 반대편에 달라붙었다.

"오빠! 현지는요?"

뭐야, 얜?

"어이쿠, 이게 누구신가? 닭강정계의 찬란한 샛별 아니야."

"아앙, 현지도! 오라버니, 현지도 챙겨주세요."

"뭐래? 안 떨어져? 징그럽다."

"아이잉!"

그렇게 현지를 굴복시키고 인천공항에 도착하니 이수현이 기다리고 있었다. 올 것이 왔구나.

"안녕하십니까. 이수현입니다."

그녀의 소개에 별안간 민정의 두 눈에서 헬 파이어가 튀어나왔다.

민정이 라이칸스로프와 비슷한 눈빛으로 노려보자 나는 슬쩍 시선을 피했다.

"어머머, 언니가 이수현이에요?"

뜬금없이 현지가 알은체를 했다.

"그렇습니다. 저에 대해서 들으신 게 있으십니까?"

"아주아주 멋진 커리어우먼이라고 들었죠!"

그 말에 이수현은 의미심장한 미소를 지으며 나를 바라보았다.

'근데 현지 쟤는 이수현을 어떻게 아는 거야?

내가 민정을 쳐다보니, 이번엔 민정이 내 눈을 피했다.

……너희는 서로 비밀을 공유하지 않으면 입에 가시가 돋치니?

탑승수속을 하는 내내 현지는 이수현에게 이것저것 질문을 했고, 그녀가 답할 때마다 우와 하고 감탄을 하기 바빴다.

그런 주제에 인천공항 면세점에 이르자 다시 나에게 달라붙어 이것저것 사달라고 앙탈을 부렸다.

마지못해 화장품을 사줬는데, 득템하고 기뻐 날뛰는 현지를 민정이 부러운 눈으로 보는 게 아닌가.

민정은 가족인 현지와 달리 뭐 사달라고 조를 수 없는 입장인 것이다.

결국 민정에게도 무언가 하나를 사줘야 했다. 민정은 끝까지 아니라고 사양을 했다. 손에는 이미 샤넬 향수를 쥔 채로.

그런 우리를 이수현은 재미있다는 얼굴로 바라볼 뿐이었다.

비행기 탑승 시간이 되자 사람들이 게이트 앞에서 줄을 섰는데, 우리는 그럴 필요 없이 바로 여권과 티켓을 체크받고 탑승했다.

퍼스트 클래스 탑승객은 줄서서 기다릴 필요가 없었던 것이다.

"우와!"

현지는 퍼스트 클래스 좌석을 보며 감탄했다.

민정도 입을 가리며 놀라고 있었고, 나는 놀랐지만 아무렇지 않은 척했다.

그런 우리를 다른 퍼스트 클래스 탑승객 몇 명이 웃으며 바라본다. 아, 쪽팔려.

그러나 나는 곧 쪽팔림을 잊게 되었다.

"아, 민정이가 보고 싶다."

"오빠가 옆에 없으니까 외로워……."

좌석마다 일정 간격으로 떨어져 배치된 퍼스트 클래스에서 우리는 견우와 직녀 놀이를 했다.

"아오, 저것들을 그냥."

우리의 애정행각에 현지가 몹시 열받아했다.

              *   *   *

확실히 이수현이 있으니 정말 편했다.

이수현은 일정 관리, 통역, 가이드는 물론이고 계산까지 도맡아 처리했다.

우리의 여행비를 진성그룹이 처리해 주는 모양이었다. 역시 통 큰 회장님이시다.

첫날, 스위스 제네바에 도착하자마자 호텔에 체크인하고 관광을 시작했다.

제네바의 거리를 다니며 관광을 조금 즐기다가, 지친 현지와 민정을 호텔에 데려다 놓고 나는 이수현과 단둘이 따로 움직였다.

시험자 전용 은행에서 계좌를 개설하기 위함이었다.

이수현과 단둘이 떠날 때 민정이 질투에 불타는 얼굴을 하고 있던 게 조금 걸렸다.

택시를 타고 어디론가 이동하면서, 문득 이수현이 말했다.

"애인분이 귀여우시네요."

"아, 네."

나는 움찔했다.

아니, 작업을 건 쪽은 이수현인데 오히려 내가 위축되어야 한다는 게 슬펐다. 이게 다 나의 내공이 부족해서다.

우리가 도착한 곳은 변두리 지역의 어느 10층짜리 빌딩이었다.

아무런 간판이나 상호 표시도 없는 빌딩이라는 점이 못내 이상했다.

안으로 들어가자 두 명의 경비원이 인사했고, 이수현과 뭐라고 대화를 나누더니 오른편을 가리켰다.

"계좌 개설은 저쪽이라고 합니다. 따라오세요."

나는 이수현의 뒤를 쫓으며 흘깃 경비원들을 바라보았다. 저 사람들, 아마 국가 소속이겠지?

복도 안으로 깊숙이 들어가자 비로소 은행처럼 보이는 곳이 보였다.

하지만 직원들만 있을 뿐 고객은 한 명도 없었다.

이수현은 창구 직원에게 여러 가지 서류를 꺼내 보여주며 대화를 나눈다. 창구의 여직원은 나를 보더니 뭐라고 말하며 손짓한다.

이수현이 통역했다.

"신분증을 보여 달라고 하네요."

난 여권을 꺼내 건넸다.

비밀번호를 찍고, 이런저런 서류에 서명을 하고…….

여러 절차가 끝나자 비로소 카드 한 장이 발급되었다.

은행에서 발급받은 카드는 디자인부터가 달랐다.

일반적인 카드보다 훨씬 무게감이 있는 것이 플라스틱이 아닌 메탈 재질로 보였다.

겉은 무광 처리가 된 검정색.

앞면은 ARENA라는 글자가 음각(陰刻)으로 금칠되어 새겨져 있었고, 뒷면에는 계좌번호가 역시 음각으로 금칠되어 새겨졌다.

그 외에 무엇도 새겨져 있지 않은 심플한 디자인이라 오히려 더 멋있었다.

마치 VVIP들이나 발급받을 수 있는 신용카드를 연상케 했다.

'진짜 멋지다!'

계산할 때 이걸 꺼내면 감탄사를 불러일으킬 것만 같았다.

감탄하고 있는 나에게 이수현이 설명했다.

"체크카드라고 합니다."

'신기하네.'

호텔로 돌아오는 동안 나는 내내 체크카드를 만지작거렸다.

이런 걸 가지고 있으니 마치 내가 대단한 사람처럼 느껴졌다.

이래서 부자들이 유니크한 카드에 환장하는구나 싶었다.

밤이 되자 우리는 제네바의 야경을 감상하며 관광을 다녔다. 같이 걸으면서 웃고 떠들고, 즐거운 시간이었다.

그리고 다음 날.

제네바에서 아침부터 못 본 곳을 관광 다니다가 점심 무렵에 비행기를 타고 덴마크로 떠났다.

*   *   *

"잘 부탁드려요."

"예."

내 당부에 이수현은 고개를 끄덕였다.

"잘 다녀오세요, 오빠."

"우리 먼저 논다~!"

민정과 현지가 손을 흔들며 이수현과 함께 사라졌다.

내가 오딘을 만나는 동안 그들은 코펜하겐을 관광 다닐 것이다.

나는 전에 갔었던 호텔 지하의 레스토랑으로 갔다.

카운터의 종업원에게 내 이름을 말하니, 종업원은 뭔가를 확인하더니 고개를 끄덕이고는 나를 안내해 주었다.

룸 앞에 이르러 노크를 하니 오딘의 목소리가 들렸다.

"들어오시오."

나는 문을 열고 안으로 들어갔다.

룸 안에는 두 사람이 있었다.

한 사람은 금발의 젊은 미남자 오딘.

그리고 또 한 사람은 수염을 멋지게 기른 50대 중년 사내였다.

"저 친굽니까?"

멋진 수염의 중년 사내가 묻는다. 오딘은 고개를 끄덕였다.

"맞소. 김현호 씨, 어서 오시오."

"예, 오랜만입니다."

우리는 악수를 했다. 이어서 중년 사내와도 악수를 나눴다.

"닐스 오슬란이다."

"김현호입니다."

닐스라는 이 아저씨가 바로 총기 제작자인 모양이었다.

오딘이 닐스를 소개시켜주었다.

"오슬란 씨는 13회차 시험자로, 클리어한 시험 회차는 적지만 상당히 오랜 시간을 아레나에서 보내신 분이오."

"거의 30년 넘게 아레나에서 보낸 것 같군."

순간 난 내 귀를 의심했다.

"30년이요?"

"그래, 나이 들어 지병으로 죽었더니 시험자가 되라더군. 그냥 시험이고 나발이고 그냥 죽을걸, 괜히 더 살겠다고 했다가 이 꼴이 되었어."

"잠깐, 그럼 연세가 어떻게 되십니까?"

내 물음에 닐스가 말했다.

"자넨 정말 햇병아리군?"

"예……."

"내 나이는 57세다. 아레나에서 보낸 기간까지 합하면 거의 90세가 다 되지만, 아레나에서는 아무리 긴 세월을 보내도 늙지 않아."

처음 알게 된 사실이었다.

아레나에서 보낸 시간은 시험자의 육체를 노화시키지 않는다. 그 뜻은…….

"긴 세월을 보내야 하는 시험을 받을 수도 있다는 뜻이로군요."

"그렇다. 그러니 내가 13회차인데 거기서 30년을 보냈지. 정말 지겨운 짓거리야."

"대체 어떤 시험을 받으신 겁니까?"

내가 물었다.

닐스는 치를 떨며 말했다.

"동네 대장장이의 도제로 들어가라더군. 그게 1회차 시험이었어."

"……."

"도제는 정말 무일푼 노예 생활이야. 공짜로 노예처럼 부려 먹어 달라고 대장장이에게 애걸해야 했던 꼴이라니."

저런 시험도 있구나.

그래, 모든 시험이 다 죽음을 각오해야 하는 건 아니라는 것을 나도 4회차에서 배웠다.

"가장 오래 걸린 시험은 소총을 만들라는 거였어."

닐스는 투덜거리듯이 말을 계속했다.

"전장식으로 대충 모양새는 그럴듯하게 만들고, 마법사에게 의뢰해서 반발 마법을 새겨달라고 했지. 그렇게 납구슬을 마법으로 튕겨내는 방식의 소총을 발명하고서야 시험이 클리어되더군."

"어? 그거 혹시 전장식 마법소총 아닌가요?"

"맞아. 그거 내가 처음 발명한 거야."

나는 멍해졌다.

오딘이 부연설명을 간단히 해주었다.

"카르마 보상으로 얻을 수 있는 아이템은 전부 실제 아레나에서 구할 수 있는 것들뿐이오."

닐스가 발명한 전장식 마법소총은 잠깐 대륙 북서부 지방에서 유행했지만, 제작비용 대비 성능이 형편없어서 금방 사장됐다고 한다.

"전 전장식 마법소총 덕분에 2회차를 무사히 넘길 수 있었습니다."

"그딴 걸 쓰고서도 시험을 클리어했다고?"

닐스는 뜨악한 표정이었다. 발명한 장본인마저 형편없는 성능을 인정하는구나.

하긴 나 역시 실프가 아니었으면 사용 못했을 것이다.

"그딴 물건을 유용하게 썼다니, 자네는 사격의 신이라도 되나? 정말 총을 주 무기로 삼을 만하군."

"정령술 덕분이죠."

나는 실프에 대해 간단히 말해줬다. 닐스는 무릎을 탁 치며
소리쳤다.

"그렇군! 그러면 개떡 같은 총도 잘 쓸 수밖에 없지!"

"예, 쏘다가 고장만 안 나면요."

"난 쏘다 고장이 날 정도로 허술한 설계는 안 해."

닐스는 내가 마음에 들었다는 듯이 말했다.

"좋아, 자네라면 내가 만든 총을 받을 자격이 있어. 뭐, 어차
피 오딘 님께 진 빚이 있으니 주려고 했지만."

나는 기대 어린 눈으로 닐스를 바라보았다.

나에게 어떤 총을 주려는 걸까?

이왕이면 자동소총, 아니, 적어도 반자동소총이었으면 좋겠
다.

한 발 한 발 쏠 때마다 볼트를 왕복시켜야 하는 볼트 액션방
식은 너무 지겹다.

그것 때문에 코앞에 레온 실버를 두고도 쏴 맞추지 못했다.

놈은 내 총구의 방향과 방아쇠를 당기는 손가락의 움직임을
보고 피한 것이다.

반자동이나 자동 소총이었다면 연속으로 쐈을 테니 아무리
놈이라도 전부 피하지 못했을 터였다.

"원하는 총에 대해 말해봐. 내가 만든 것 중 최대한 비슷한
걸 줄 테니까."

그의 말에 나는 곧바로 대답했다.

"자동사격 방식이었으면 좋겠습니다. 아니면 최소한 반자동방식이었으면 좋겠습니다."

"그동안 쓴 총이 개떡 같은 전장식 마법소총과 모신나강 두 개였으니 그런 생각이 들만도 하군. 모신나강이라니…… 그건 이제 싼 맛에 갖고 노는 마니아들 장난감인데."

닐스는 안타깝다는 듯이 고개를 절레절레 젓는다.

"아직 난 자동사격 방식의 총을 만들지 못했어. 내가 만든 총 중에 반자동은 소총 한 자루와 권총 몇 자루뿐이야."

"그럼 그 소총을 원합니다."

"잘 생각해 봐."

"예?"

"왜 반자동 방식을 원하는 거냐? 조금의 불편을 감수한다면 모신나강으로도 충분히 위력을 발휘할 수 있는데. 조준도 재장전도 볼트 액션도 모두 실프가 한다면서?"

"……."

"볼트 액션식이기 때문에 극히 불리한 상황이 발생했다면, 그건 적이 가까운 거리에 있었을 때뿐이지."

그 말에 나는 혜수가 죽었던 그날을 다시금 떠올릴 수밖에 없었다.

……그랬다.

놈은 아주 가까운 위치에 있었다.

"가까운 거리에 있는 적을 공격하기 위함이라면 권총은 어떠냐? 권총이라면 두 자루를 줄 수도 있다."

"두 자루씩이나요?"

"어차피 조준은 네가 안 하잖아? 실프가 하지. 그럼 양손에 쥐고 마구 휘갈겨도 전부 적중된다는 뜻 아니냐?"

닐스의 발상에 나는 놀라움을 금치 못했다.

듣고 보니 그랬다!

가까운 거리에서의 전투라면 그 방법이 훨씬 강력했다.

먼 거리에 있으면 지금까지처럼 실프를 시켜 모신나강으로 저격하게 하면 된다.

"대단하십니다. 그런 아이디어를 떠올리시다니!"

"아무도 없는 외지에서 짧게는 2년, 길게는 6년씩 걸리는 시험을 치르는 동안 내가 심심해서 어떻게 살았을 것 같나?"

"……."

"혼자 별짓을 다 하면서 놀았어. 심심했거든."

혼자서 수년을 보내면 정신이 나가기에 딱 좋겠지.

쌍권총을 들고 뛰어 노는 중년이 아주 쉽게 상상된다.

닐스는 권총 두 자루를 소환해서 나에게 건네주었다.

"가져라."

"감사합니다."

권총 두 자루를 받아 들고 석판에 확인을 해보았다.

—닐스 H2: 아레나 유일의 총기 제작자 오슬란이 제작한 반자동 권총. 357매그넘탄을 사용한다.

＊장탄 수: 9+1

＊유효사거리: 2mm

＊타인에게 양도하거나 카르마로 환불받을 수 없습니다.

"생각보다 훨씬 훌륭하네요."

"데저트 이글을 거의 베꼈으니까."

"아."

어쩐지 권총 모양새가 어디서 많이 본 것 같더라.

"매그넘탄은 강력한 위력 대신 반발력이 세서 다루기 힘들지만 시험자는 해당사항이 없지."

"예, 문제없을 겁니다."

체력보정이 중급 1레벨이라 내 손목은 강철과도 같았다.

근거리에서 쏠 수 있는 권총 두 자루가 생기자 나는 뛸 듯이 기뻤다.

이 무기에다 체력보정과 운동신경, 불꽃의 가호와 바람의 가호까지 있다면 이제 실버 씨족의 수장 레온 실버도 문제가 아니었다.

그런데 문득 사격 관련 스킬을 얻을 수는 없을까 싶었다.

'길잡이와 총을 합성하면 스킬을 하나 만들 수 있지 않을까?'

그럴듯했다.

체력보정과 길잡이를 합성했을 때 운동신경이 탄생했다. 몸을 움직이는 길을 알려주는 스킬이 만들어진 것이다.

그럼 총과 길잡이를 합성하면 당연히 사격술 같은 게 생길 법했다.

나는 혹시나 싶어서 닐스에게 물었다.

"혹시 버리는 총 같은 거 없으신가요?"

"그건 왜?"

"조금 사정이 있어서요."

"내가 만든 총은 타인에게 양도하거나 카르마로 환불받지 못해. 알지?"

"예, 설명을 봤습니다."

닐스 아슬란이 만든 총기의 주인은 오직 제작자인 닐스 아슬란만이 선택할 수 있었다.

"전장식 마법소총 알지? 그거는 시험 때문에 만든 게 아직 10자루 정도 있어."

"그거면 됩니다. 염치없지만 하나만 주실 수 없을까요?"

"상관은 없지. 어차피 쓸모도 없는 건데. 줘도 안 갖는 거고."

닐스는 전장식 마법소총을 소환해 나에게 주었다.

'좋았어!'

이 정도면 덴마크에 온 보람이 충분하다 못해 넘쳤다.

거래가 끝나고서 우리는 식사를 하고 술을 마시며 여러 가지 이야기를 나눴다.

술이 들어가자 닐스는 자기가 아레나에서 살아온 이야기를 횡설수설하며 들려주었는데, 정말 많은 역경을 겪은 사람이었다.

가장 황당한 시험은 7회차.

'아무도 찾아오지 않는 오지로 나가 정착하라니, 그건 진짜 심했다.'

여기서 나는 중요한 정보를 들을 수 있었다.

"천사 놈들이 왜 시험으로 나를 외딴곳에 보냈는지 알아?"

"글쎄요. 총기제작기술이 아레나 인류 사회에 영향을 주지 못하도록 한 게 아닐까요?"

"그것도 있지. 근데 더 중요한 이유가 있어."

닐스는 맥주 한 잔을 원 샷에 비우며 말했다.

"시간의 괴리에 의한 오류를 없애기 위함이야."

그의 설명은 이러했다.

오딘과 똑같이 시험을 시작하고 똑같이 끝나는데, 지난 시험에서 오딘은 40일밖에 안 걸렸고 닐스는 3년을 보냈다.

그 시간의 괴리를 해결하기 위해 천사들은 닐스를 아무도 없는 외딴 오지로 보내 버렸다는 것이다.

그럴듯한 의견이었다. 나도 비슷한 생각을 의문이 든 적이 있으니까.

어찌 보면 시험자들이 처음에 인적 없는 변두리에서 시작하는 이유도 이 같은 시간 개념 때문인지도 몰랐다.

9장

무제한

ARENA

호텔로 돌아와 나는 스킬합성을 시도했다.

"전장식 마법소총과 길잡이를 합성한다."

―전장식 마법소총과 길잡이(보조스킬)을 합성합니다.

파앗!

―합성 성공. 사격(합성스킬)을 습득했습니다.
―전장식 마법소총이 소멸됩니다.
―사격(합성스킬): 총기류 사용 시 일정 거리 이내에서 100%의
명중률을 갖습니다.

＊초급 1레벨: 스킬적용 범위 1ᵐm

"좋아!"

나는 환호했다. 딱 내가 원했던 스킬이었다.

10m 이내의 대상을 쏠 시 실프의 도움 없이도 100%의 명중률을 가질 수 있게 되었다.

실프는 원거리에서 저격을 하고 나는 가까운 거리에서 쌍권총으로 싸우는 패턴이 확립되는 것이다.

기분이 좋은 건 나뿐만이 아니었던 모양이다.

현지와 함께 신 나게 코펜하겐 관광을 다녀온 민정은 연신 싱글벙글하며 오늘따라 더 열정적으로 나에게 안겼다.

덕분에 달콤한 하룻밤을 보낸 우리는 다음 날, 아쉬운 마음으로 한국행 비행기에 몸을 실었다.

"그럼 이만 가보겠습니다."

인천공항.

이수현은 귀국시간에 맞춰서 모범택시까지 불러놓았다.

나는 끝까지 완벽한 일정 관리로 우리를 편하게 해준 그녀에게 고마움을 느꼈다.

"정말 감사했어요. 큰 신세를 졌네요."

"그럼 언제 한번 밥 사십시오."

"……네?"

"어머, 좋죠! 그땐 저도 같이 갈게요!"

민정이 잽싸게 내 옆에 붙어서 블로킹을 시전했다.

이수현은 진담인지 농담인지 알 수 없는 웃음을 짓고는 떠나버렸다.

*   *   *

[진성그룹 박진성 회장 전격 복귀!]

[건강 악화설 박진성 회장 '건강 문제없어']

[진성전자 실적 악화에 박진성 회장 복귀, 후계자 선정 실패?]

[박진성 회장, 건재함 과시]

[진성그룹 계열사 주가 일제 반등 '왕의 귀환 효과']

[복귀한 박진성 회장 '우리가 죽어가고 있다는 위기의식을 가져야 할 것' 생존경영 선포]

뉴스나 신문이나 모두 시끄러웠다.

건강하다 못해 회춘한 듯한 모습으로 등장한 박진성 회장이었다.

대한민국 재산 1순위.

영향력 0순위의 거인.

왕이 떠난 이후에 재편되려면 재계에 충격을 선사한 귀환이었다.

진성전사의 실적 부진을 틈타 기지개를 켜려던 경쟁사들의 주가가 대폭 하락했을 정도였다.

'대단하구나.'

나는 시끄러운 뉴스들을 보며 감탄을 금치 못했다.

"아주 화려하게 복귀할 거야."

완쾌된 박진성 회장은 마지막으로 생명의 불꽃을 먹으면서 말한 바 있었다.

"진성전자의 실적 악화는 사실 내 자식들 잘못이 아니야. 원래 흘러가는 시류가 그랬어. 스마트폰이며 태블릿이며 죄다 포화 상태였거든."

"그런가요?"

"그래도 내가 돌아오면서 요란하게 스포트라이트를 받으면 기대감에 주가가 상승할 거야."

박진성 회장은 싱글벙글 웃으며 자신만만하게 말했다.

"주가 상승은 일시적이지만 분위기가 바뀌지. 원래 위기를 극복해야 할 땐 그렇게 시작하는 거야."

"아무튼 축하드립니다. 이제 다시 뵐 일이 있을지 모르겠네요."

"무슨 소리야? 넌 진성그룹 소속의 시험자야. 잊으면 곤란해."

"그건 명목뿐이잖아요. 회장님 목적은 이미 달성됐고요."

"너와의 인연은 계속될 거야. 내가 또 언제 아플지 누가 알아?"

"그쯤 사셨으면 됐죠, 뭘. 장수왕이라도 되시려고요? 장수왕 아들 조다 태자가 쪼다의 어원인 건 아세요?"

"인마!"

그렇게 몇 마디를 더 주고받은 뒤에 박진성 회장은 작별하며 말했다.

"필요한 일 있으면 연락하고. 내게 새 생명을 준 보상은 조만간 추가로 해줄 테니까 기대해도 좋아."

"돈은 지금도 많은데요, 뭘."

스위스 은행 계좌에 300억이 쌓여 있다.

워낙 순식간에 부자가 되어서 별로 부에 대한 실감도 나지 않는 나였다.

돈 쓸 줄을 몰라서 그런지도 모르지.

아무튼 복귀 후 폭풍 같은 행보를 보이는 박진성 회장을 보니 기분이 좋았다.

쓸모없는 제품 라인업을 과감하게 정리하고, IT와 디자인 인재를 공격적으로 영입하는 등의 행보를 시작하는 박진성 회장은 매우 즐거워 보였다.

심각한 표정을 짓고 있지만 오랫동안 함께 사냥하며 어울렸던 나는 박진성 회장의 기분을 알 것 같았다.

살아 있다는 기쁨.

삶의 기회를 다시 얻은 데에 대한 감사.

박진성 회장은 다시 얻은 인생을 일분일초도 허투루 쓰지 않으려는 듯이 열심히 일했다.

최고경영자가 그러니 휘하에 임직원들도 덩달아 바빠져 진성그룹 전체에 활기가 띠었다. 박진성 회장의 의도대로 분위기를 멋지게 반전시킨 것이었다.

아무튼 박진성 회장의 완쾌와는 별개로, 내 남은 휴식 시간은 점점 끝이 다가왔다.

"오빠, 우리 너무 자주 만나는 거 아니에요?"

시험 직전 날 밤.

오피스텔에서 함께 밤을 보내면서 민정이 문득 물었다.

"그런가?"

거의 매일 만나긴 했다.

5회차 시험이 시작되면 또 얼마나 오래 민정을 못 볼지 모르기 때문에 미리미리 잔뜩 만나 실컷 놀 생각이었다.

민정의 입장에서는 조금 질렸을지도 모른다.

"내가 매일 와서 좀 귀찮았지?"

"아이, 오빠는. 그런 얘기 하려는 게 아니에요."

민정이 나에게 안겨왔다.

"너무 빨리 불타고 사그라질까 봐 무서운 거예요. 오빠가 얼마 안 가 저한테 질리면 어떡해요?"

"그럴 일은 없어. 약속할 수 있어."

"치, 그게 약속한다고 되는 일인가."

약속할 수 있고말고.

이제 내일이면 다시 아레나에서 긴 시간을 보내야 한다.

그리고 나서 다시 돌아오면 오랜만에 재회한 민정에게 다시 타오를 수밖에 없다.

"너야말로 그동안 길게 연애해 본 역사가 없다면서? 현지한테 다 들었어."

"이씨, 걘 별소릴 다 해!"

"너도 마찬가지잖아. 현지한테 좀 쓸데없는 얘기는 하지 말자, 응?"

민정은 키득거렸다.

"이번엔 달라요. 오빠랑은 오래오래 함께하고 싶어요."

"나도 그래."

사실 잘 모르겠다.

그냥 가벼운 관계로 생각하고 시작한 연애인데.

내가 죽어도 그냥 조금 슬퍼하다가 잊어버리는, 그 정도의 미련 없는 관계이길 원했다.

그런데 민정은 첫 인상과 달리 내가 생각했던 그런 가벼운 여자가 아니었다. 뚜껑을 열어보니 자유분방한 현지와는 반대로 진지했다.

걱정된다.

'내가 죽으면 슬퍼하겠지?'

민정을 본 나는 몰래 한숨을 쉬었다.

역시 내가 살아남는 수밖에 없다. 어떻게든 필사적으로 끈질기게 살아 돌아오는 수밖에 없다.

다음 날 아침에 민정을 학교에 바래다주고 산장으로 출근했다.

이제 박진성 회장은 전처럼 이곳에 매일 찾아오지는 않았지만, 대신 아랫사람을 시켜서 내가 부탁했던 물건을 전달해 주었다.

볼일 다 끝났다고 날 소홀히 대하는 건 아닌 듯했다.

"여기 있습니다."

"감사합니다."

나는 박진성 회장의 제3비서과 사람들에게서 탄 박스를 건네받고 내 차 트렁크에 실었다.

바로 357매그넘탄의 탄 박스였다.

새로 생긴 2정의 권총 닐스 H2에 쓸 357매그넘탄이 필요했던 것이다.

곧장 집으로 돌아와 가공간에 탄 박스 몇 개를 집어넣었다.

'그러고 보니 이제 곧 서른이구나.'

어느새 12월이었다.

5회차 시험을 마치고 돌아오면 민정이나 현지나 대학 수업이 전부 끝나게 된다.

민정은 학교 끝나면 친척 오빠가 하는 회사에 다녀야 하기 때문에 서울로 가야 한다고 했다.

벌써부터 인터넷으로 원룸 매물을 알아보는 눈치였다.

'나도 독립할까?'

민정을 따라 서울로 함께 올라가는 것도 나쁘지 않겠다 싶었다.

아예 동거도 하고 싶은데 연애한 지 이제 한 달이 좀 넘은 시점에서는 너무 진도가 빠르지 싶었다.

내 욕심일 뿐이다.

'다녀오면 내 집도 마련하고 하자.'

돈도 많은데 좀 펑펑 써봐야 하지 않겠는가?

이런저런 생각을 하다 보니 어느새 시간이 다 되었다.

"가자."

나는 침대에 누워 눈을 감았다.

심호흡을 하며 마음을 가다듬었다. 그리고 어느 순간, 정신을 잃었다.

*   *   *

"일어나세요. 언제까지 퍼 잘 거예요?"

귀에 익숙한 아니꼬운 목소리에 눈을 떴다.

정신을 차려 보니 난 누워 있었다.

파닥파닥 날아다니는 아기 천사의 얼굴이 가장 먼저 보여서 기분이 나빴다.

"이번 시험은 뭐야?"

내가 물었다.

아기 천사는 히죽히죽 웃었다.

"아주 쉬운 시험이에요."

저 녀석 입에서 쉽다는 소리가 나오자 나는 불길함을 느꼈다.

쉬운데 왜 히죽거려?

"석판 소환."

─성명(Name): 김현호
─클래스(Class): 1□
─카르마(Karma): □
─시험(Mission): 생명의 나무를 회복시켜라.
─제한 시간(Time limit): 무제한

'예상대로다.'

역시 생명의 나무를 회복시키라는 시험이 나왔다.

생명의 불꽃에 카르마를 다량 투자한 내 판단은 옳았던 것이다.

그런데 한 가지 걸리는 단어가 있었다.

"무제한?"

"이야, 좋겠네요. 시간 제한도 없고 위험할 일도 없이 그냥 한가롭게 엘프들과 세월을 보내면 되잖아요."

"잠깐, 왜 무제한인 거야?"

"불만이에요?"

"아, 아니, 불만은 아닌데…….."

"시간 제한이 있으면 어쩔 건데요? 뭐 달라지는 게 있나요?"

"……없지."

어차피 생명의 나무를 회복시키는 수단은 하나뿐이었다.

매일 2개씩 만들 수 있는 생명의 불꽃.

내가 서두른다고 어쩔 수 있는 게 아니었다.

그래서 시간 제한이 없는 것이리라. 의미가 없으니까.

……가만.

'의미가 없다고? 그럴 리가.'

의미가 없는 건 없다.

이것 역시 의미가 있다. 시험은 모든 것이 다 힌트가 된다.

뭔가 숨겨진 의미.

이번 시험의 의도.

율법이 나에게 바라는 안배가 있는 것이 분명했다.

"혹시 1년 이상 걸릴 수도 있는 거야?"

"시험 하나로 6년씩 보내는 사람도 있는데요. 1년이 대수인
가요?"

"……."

닐스를 떠올린 나는 몸을 부르르 떨었다.

"거기서 세월 보낸다고 늙는 것도 아닌데 상관없잖아요?
아, 밤마다 외로울 테니 문제 있던가? 히히히."

권총으로 저 자식을 쏘고 싶다.

"자자, 제게 적개심 불태우지 마시고 얼른 가버리세요."

시험의 문이 내 앞에 나타났다.

나는 한숨을 쉬고는 문을 열고 안으로 나아갔다.

밝은 빛이 내 몸을 감쌌다.

*　　　*　　　*

"형, 일어나! 언제까지 잘 거야?"

"해가 중천에 떴는데 퍼 자게 가만 놔둘 것 같아?"

"우리가 용납 못하지, 암."

놀기의 화신인 흉악한 어린 엘프들이 내 천막에 쳐들어와 날 둘러싸고 있었다.

아이들에게 이끌려 밖으로 나가니 아이들과 여자들이 놀고 있는 광경이 보였다.

여성 엘프들은 내가 보급한 공기놀이를 하고 있었는데, 보면 볼수록 그 난이도가 놀라웠다.

한 손에 자갈 10개씩 양손으로 공기놀이를 하고 있는 것!

'원래 엘프들은 다 운동신경이 좋은 건가?'

나는 실프와 카사를 소환하여 아이들을 떨어뜨려 놓고, 생명의 나무로 향했다.

생명의 나무 아래에는 어머니들이 있었다.

"왔니? 오늘은 늦었구나."

연장자 어머니가 말했다.

나는 고개를 숙였다.

"네, 죄송합니다."

"뭘. 오늘도 부탁한다."

"예, 그런데 생명의 나무의 상태는 어떻습니까? 효과가 있나요?"

연장자 어머니는 기쁜 얼굴로 고개를 끄덕였다.

"우리가 꼼꼼하게 살펴보았는데 확실히 미세하지만 차도가 있었어. 이대로라면 10년 안에 생명의 나무가 완전히 회복될 거야."

10년?!

나는 부르르 떨었다.

"거기서 세월 보낸다고 늙는 것도 아닌데 상관없잖아요? 아, 밤마다 외로울 테니 문제 있던가? 히히히."

번데기 새끼의 말이 귓가에 경종을 때리듯이 아른거렸다.

"그, 그렇게 오래 걸리지 않을 겁니다!"

기필코!

*   *   *

내 생명의 불꽃 스킬은 중급 1레벨. 무려 1,300카르마를 쏟아부은 공격적 투자의 결과였다.

'다행이다. 정말 다행이야!'

나는 훌륭한 판단을 한 나 자신에게 감사했다.

하마터면 10년 동안 독수공방을 할 뻔했다. 그 정도면 민정의 얼굴을 잊어버릴지도 모르는 긴 세월이다!

"그냥 1,800카르마로 중급 2레벨까지 올릴 걸 그랬나?"

아무튼 시험 자체는 어려울 것이 없었다.

나는 생명의 불꽃을 하나 생성해 생명의 나무에 불어넣었다.

'한 번 더.'

또다시 불덩어리를 만들어서 나무에 불어넣는다.

스르륵—

불꽃이 스며들자 생명의 나무에 활기가 도는 듯한 느낌이 들었다. 물론 그냥 기분 탓이리라.

설마 이거 두 방에 눈에 띄게 좋아질 정도면 '무제한'이라는 단어가 붙었겠는가?

'의도가 뭘까? 어째서 무제한일까?'

나는 곰곰이 생각해 보았다.

지난 4회차 때, 나는 이곳에 30일간 머물면서 시험을 클리어했다.

시간만 걸렸을 뿐 아주 쉬운 시험이었다. 도리어 생명의 나무와 함께 있다 보니 정령술의 레벨까지 올랐다.

'아……!'

나는 비로소 깨달았다.

이번 시험은 나에게 성장할 기회를 주는 것이었다.

이곳에서 오래 지내면 지낼수록 정령술의 레벨이 오른다.

이제 5회차인데 팀원을 전부 잃은 나로서는 역량을 키울 수 있는 소중한 찬스였다.

'좋아, 좋은 기회를 좋으니 잘 활용하마.'

나는 마음을 단단히 먹었다.

얼마나 긴 시간이 걸리든 꼭 참고 폭풍 같은 성장을 이뤄낼 것이다.

가족들과 민정을 볼 수 없어서 외롭긴 하겠지만, 그래도 참고 해낼 것이다.

　시험만 클리어하면 다시 볼 수 있으니 조급할 필요가 없다.

　나는 어머니들에게 가서 한 가지 부탁을 했다.

　"이곳에 있는 동안 생명의 나무에서 머물러도 되겠습니까?"

　"생명의 나무에서?"

　"예, 하루 24시간을 생명의 나무와 함께 보내고 싶습니다."

　어머니들은 쾌히 승낙했다.

　"상관없지. 넌 우리의 가족이니 생명의 나무와 얼마든지 함께 있어도 좋아."

　"생명의 나무에 애착을 갖게 된 모습이 보기 좋은걸."

　"감사합니다."

　그날 이후로 나는 생명의 나무와 함께 하루를 보내기 시작했다.

　식사는 물론이고 잠을 잘 때도 생명의 나무 위에서 잤다.

　생명의 나무와 가까이 할수록 정령술이 성장한다는 점을 최대한 활용할 참이었다.

　초급 3레벨의 운동신경 덕에 나무 위에서 지내기란 어렵지 않았다.

　점프력도 좋아서 껑충껑충 오를 수 있었고, 균형도 쉽게 잡았다.

　그렇게 일주일을 지내니 이제 나무가 평지처럼 느껴졌다.

　"인간 오빠가 이상해."

"저기서 안 내려와."

"레드 에이프들도 저 형만큼 나무 위를 좋아하지는 않을 거야."

"원숭이 같아."

어린 엘프들은 생명의 나무 위에서 도통 내려오지 않는 나를 두고 이야기꽃을 피웠다.

그런데 한 엘프 소녀가 생명의 나무에 달라붙더니 열심히 기어오르기 시작했다.

보통 어린애였으면 절대로 불가능했을 텐데, 엘프라 그런지 용케 내가 있는 곳까지 올라왔다.

엘프 소녀는 바로 엘리스.

파렴치한 인간들에게 납치당할 뻔해서 한때 불안증까지 앓았던 그 아이였다.

"헤헤."

엘리스가 나를 보며 배시시 웃었다. 아, 귀엽다.

내 딸로 삼고 싶은데 그랬다간 언니인 엘라가 가만 안 있겠지?

"안녕?"

"헤헤, 안녕."

"여기 좋지?"

"응, 좋아."

"우리 더 높은 곳까지 올라가 볼까?"

"응!"

우리는 함께 나무를 올랐다.

하늘까지 솟은 생명의 나무라 올라갈 곳이 무궁무진했다.

헛디뎌서 추락하면 실프를 소환해서 받으면 되니 다칠 염려도 없었다.

우리가 함께 더 위로 오르기 시작하자 아래에 있던 어린 엘프들이 웅성거렸다.

"뭐야? 인간 형이 엘리스랑 같이 올라가기 시작했어!"

"저기 좋나 봐."

"누가 더 높이 올라가나 시합하는 걸까?"

"나도 가볼래!"

"엇? 나도!"

이것이 바로 군중심리인가.

놀이를 보급한 후로 나를 따라 하기 여념이 없는 어린 엘프들은 일제히 생명의 나무를 기어오르기 시작했다.

혹시 내가 쓸데없이 애들한테 위험한 행위를 조장했나 하는 걱정이 들었지만 기우였다.

"호호호, 애들이 잘 노네요."

"우리도 어릴 땐 생명의 나무에서 곧잘 놀았는데."

"생명의 나무랑 함께 있을수록 대자연의 기운을 잘 받을 수 있으니 좋은 일이에요."

어머니들은 흐뭇해하고 있었다.

역시 엘프들은 인간과 같은 관점에서 보면 안 된다.

추락사 같은 걱정은 절대 안 하는 것 같았다.

하기야 정령이 있으니 그런 걱정은 안 하겠지. 게다가 엘프는 기본적으로 인간보다 운동신경이 좋아 보였고 말이다.

그런데 나를 따라 올라온 어린 엘프들은 곧 싫증이 난 모양이었다.

"형, 이제 뭐해?"

"뭔가 재미있는 걸 가르쳐 줘."

"맞아, 맞아."

"우릴 여기까지 끌고 왔으면 책임을 져야지."

난 이 어린애들이 점점 무서워지기 시작했다.

진땀을 흘리며 고민한 끝에 한 가지 아이디어를 떠올렸다.

좋다.

이제 슬슬 엘프들에게 새로운 놀이를 보급할 때가 되었구나.

"술래잡기를 하자."

"그게 뭐야?"

"뭔데?"

"뭘 잡아?"

벌 떼처럼 모여드는 어린 엘프들. 나는 술래잡기의 룰을 설명해 주었다.

"술래에게 잡히면 그 사람이 술래가 되는 거야."

"잡혔는데 뿌리치면 괜찮아?"

"아냐, 술래의 몸에 닿기만 해도 술래가 되는 거야."

"그럼 멀리 도망가면 되는 건가?"

"이 나무에서 내려가면 안 되는 걸로 하자, 그리고 너무 높은 곳까지 올라가도 안 되고."

일단은 내가 먼저 술래가 되어서 시범을 보이기로 했다.

"간다!"

"꺄악!"

"도망가!"

"형이 온다!"

"잡히면 안 돼!"

어린 엘프들이 비명을 지르며 뿔뿔이 흩어졌다. 나는 그중 한 엘프 소녀를 타깃으로 삼았다.

"꺄아악!"

엘프 소녀는 자지러지게 비명을 지르며 달아났다. 무서워하는데 얼굴은 웃고 있었다.

나는 좌우로 움직이며 엘프 소녀를 나뭇가지의 끝으로 몰아세웠다.

궁지에 몰린 엘프 소녀는 홀쩍, 아래로 뛰어내렸다.

"엇?!"

나는 기겁을 했지만 엘프 소녀는 곧 실프를 소환해서 바람을 타고 딴 데로 가버렸다.

"……정령을 소환하면 안 되는 걸로 하자. 정령을 소환하면 술래가 되는 거야."

"응!"

"알았어!"

"이거 재미있다!"

어린 엘프들은 신이 났다.

나도 나무 위에서 달리 할 일이 없었으니 운동도 되고 잘된 일이었다.

애들은 엘프 특유의 탁월한 운동신경이 있었고, 나무에 친숙한 탓에 날렵했다.

하지만 그래도 아직은 어린애들.

운동신경 초급 3레벨인 덕분에 쉽게 엘프 소년 하나를 잡았다.

"에이, 내가 술래야!"

"하하, 릭이 술래다!"

"잡히면 안 돼!"

술래잡기 열풍이 불었다.

놀이이지만 굉장히 전투적인 술래잡기는 어른들의 주목을 받았다.

처음에는 애들과 잘 놀아주는 나를 보며 흐뭇해했는데, 점차 시선이 달라졌다.

"저건 훈련이 되겠는데?"

"좋은 운동이 될 것 같아."

"나무를 잘 타게 되면 전투에도 유리해지지."

어른 남자 엘프들이 술래잡기 열풍에 끼어들었다.

그들은 매일 시간을 정해서 다 같이 모여 훈련처럼 술래잡기를 했다. 물론 더 높은 곳에서 어른들끼리 따로 했다.

아이들은 나와 함께 보다 아래쪽에서 즐겼고 말이다.

'저쪽은 아주 신계로군.'

생명의 나무 위쪽.

미친 듯한 스피드로 술래잡기를 하는 남성 엘프들을 보며 나는 경악을 금치 못했다.

빨라도 너무 빠른 것이다!

공중제비를 돈 뒤에 가느다란 잔가지 위에서 사뿐히 균형을 잡는다. 저게 인간인가? 아, 인간 아니지.

나는 다 큰 어른임에도 그들을 따를 수 없기에 아이들과 함께 어울려야 했다.

그런데 아이들조차도 술래잡기에 미치더니 폭풍성장을 했다.

금세 요령을 익혀서 다람쥐처럼 나무를 잘 타는 것이었다.

"헤헤헤, 나 잡아봐라!"

"아냐, 날 잡아봐!"

사방에서 괴물 같은 꼬맹이들이 나를 도발한다. 이젠 잡기도 점점 버거워졌다.

'끄응, 훈련이라고 생각하자.'

내가 술래가 되는 일이 잦아지자 체력보정 중급 1레벨에 달하는 내가 지쳐 헐떡이는 일이 많아졌다.

심지어 얌전한 엘리스마저 깡총 점프해 건너편 나무로 옮겨가 내 추격을 뿌리쳤을 땐 배신감마저 들었다.

언니 엘라와 그 연인 제이크는 엘리스가 밝아졌다고 흐뭇해했지만 말이다.

'체력은 내가 뒤떨어질 리가 없지. 아무래도 운동신경의 차이인가 보군.'

체력보정 중급 1레벨이면 강천성의 수준이었다.

강천성이 어린 엘프들보다 체력이 달리는 게 말이 될까?

아무래도 나무를 타는 균형감각 등이 문제로 보였다.

그런데 그렇게 열흘간 생명의 나무를 치유하고 술래잡기하기를 반복했을 때였다.

─운동신경(합성스킬): 몸을 움직이는 요령이 향상됩니다.
＊초급 4레벨

피로감이 싹 사라지고 대신 짜릿한 희열이 찾아왔다.

'운동신경의 레벨이 올랐어!'

엘프 마을에 머물면서 성장시킬 수 있는 스킬이 정령술만이 아니었던 것이다.

간단한 문제였다.

평생 무술을 연마한 강천성은 처음부터 믿기지 않는 레벨의 스킬을 가지고 있었다.

나도 훈련을 통해 스킬 레벨을 올릴 수 있는 게 당연했다.

지면이 아니라 익숙하지 않은 생명의 나무 위에서 24시간 생활했고, 격렬한 술래잡기까지 하며 균형감각을 연마했다.

그러니 운동신경의 레벨이 오르는 것도 이상한 일은 아니었다.

'이대로 하자!'

정령술은 물론 운동신경과 체력보정까지 레벨을 올리기로 나는 결심했다.

놀면서 하는 훈련이니 힘들어도 재미가 있었다.

"인간 오빠 갑자기 빨라졌어!"

"힝, 못 잡겠어!"

"형 갑자기 몸놀림이 이상해! 수상한데?"

운동신경의 레벨이 오른 덕에 내가 술래로 잡히는 일이 드물어졌다.

나무 위에서 균형 잡고 움직이는 게 한결 쉬워졌다.

한번은 힘껏 점프해서 공중에서 양팔을 흔들어 균형을 잡아가며 하강, 10미터 거리에 있었던 나뭇가지에 착지했다.

그 엄청난 곡예에 성공하자 나는 각성했다. 한계를 깨고 보다 과감한 움직임이 가능해졌다.

그때부터는 어린 엘프들에게 술래로 잡히는 일이 없어졌다.

그리고 5회차 시험 시작 20일째.

—정령술(메인스킬): 정령을 소환하여 대자연의 힘을 발휘합니다.

＊소환 가능한 정령: 실프, 카사

＊초급 3레벨: 소환 시간 2시간 30분

"하하하하!"

생명의 나무에서 먹고 자고 논 효과가 나타났다. 20일 만에 정령술 레벨 업!

'이대로만 가는 거야.'

나는 술래를 두 명으로 놓기로 룰을 바꿔 난이도를 높였다.

아이들의 술래잡기는 한층 더 치열하게 변했고, 이를 위에서 내려다본 어른 남성 엘프들은 아예 술래를 3명으로 정했다.

"이러니 훈련 효과가 더 좋군."

"누가 술래인지 알아야 하니까 기억력과 판단력까지 훈련이 되고 있어."

"역시 어머니들이 가족으로 인정한 인간답군."

"저 인간은 천재인가?"

나에 대한 호평이 대단했다.

가장 큰 근심이었던 생명의 나무까지 회복세가 완연하니, 나는 어느새 엘프 마을에서 없어서는 안 되는 사람이 되어갔다.

"자."

신경질의 대명사인 엘라가 먹음직스러운 간식을 가져다주었다. 사과와 산딸기, 포도 등을 말려 만든 것이었다.

"덕분에 엘리스가 많이 건강해졌어."

"가, 감사합니다."

엘라가 감사를 표할 정도니, 이제 모든 엘프가 날 좋아한다고 봐도 되겠군.

10장

폭풍 성장

42일째.

―운동신경(합성스킬): 몸을 움직이는 요령이 향상됩니다.

＊초급 5레벨

술래 둘이 일제히 나를 몰이사냥 했지만 나는 절묘하게 빠져나갔다.

그러자 어린 엘프들이 들고 일어나 원성을 토로했다.

"뭐야, 인간 형 너무 잘해!"

"힝, 도저히 못 잡겠어!"

"치사하게 애들이랑 놀지 말고 위로 올라가!"

"어른 주제에 비겁하다!"

몸놀림이 둔한 나를 도발할 땐 언제고, 이것들이!

애들을 이겨먹는 치사한 어른이 된 나는 하는 수 없이 괴물들이 득시글거리는 위쪽으로 올라갔다.

"응? 무슨 일이냐, 킴."

제이크가 알은체를 했다. 워낙 친해져 이제 '인간'에서 '킴'으로 나를 부르는 호칭이 통일됐다.

생명의 나무의 위쪽.

추락하면 뼈도 못 추릴 것 같은 높이!

이곳은 성인 엘프들의 술래잡기 훈련 장소였다.

놀이로서 보급한 술래잡기를 남성 엘프들은 훈련으로 승화시켰고, 그게 재미있어 보였는지 여성 엘프들까지 참여했다.

이제 생명의 나무에서의 술래잡기는 이 마을 전통 의식처럼 되어버렸다.

"애들이 올라가서 놀래. 쳇, 놀자고 달라붙을 땐 언제고."

"처음엔 고생 좀 하더니 균형 잡는 데 익숙해졌더군. 인간치고는 제법이었다."

"그래?"

"우리 영역을 침범한 인간들과 여러 번 싸웠지만 너처럼 균형 감각이 훌륭한 인간은 본 적 없다."

"기쁜 칭찬이네. 고마워."

"그래 봤자 인간일 뿐이지만."

"……."

"종이 가진 타고난 한계는 어쩔 수 없으니 너무 낙심하지는 마라."

"아직 낙심 안 했어. 시작도 안 했다고!"

"어디 분발해 봐라. 상대가 여자라면 그나마 해볼 만할 테니."

말이 끝나기가 무섭게 한 남성 엘프가 우리 쪽으로 달려왔다. 술래인 모양이었다.

"그럼 힘내라."

파앗!

제이크가 몸을 날려 피했다.

남성 엘프는 잠시 멈칫하며 나에게 시선을 보냈다.

너도 우리랑 노냐는 눈빛이었다.

나는 고개를 끄덕였다.

남성 엘프는 씨익 웃더니,

팟—

순식간에 거리를 좁혀왔다. 어린 엘프들과는 순발력부터가 달랐다.

*   *   *

다 큰 엘프들과 하니 이건 정말 놀이가 아니라 훈련이었다.

난 거의 술래잡기를 하는 내내 술래가 되어야 했다.

하지만 그렇게 고생을 하고 나니 체력보정의 스킬까지 중급

2레벨로 올랐다. 엘프들을 따라잡으려고 안간 힘을 쓰다 보니 그렇지 않아도 인간을 초월했던 내 체력이 더 올라버린 것이다.

보람찬 시간이었다.

시험을 시작한 지 4개월째에 접어들었을 때, 생명의 나무는 이제 완연한 회복세에 접어들었다.

내가 보기에도 생명의 나무가 더 생기를 띠었다.

간간히 보이고는 했던 마른 나뭇잎이 보이지 않고 하나하나 전부 생생하게 푸르렀다.

"이대로라면 2개월 이내로 생명의 나무가 완쾌될 것 같구나."

연장자 어머니가 한 말에 나는 갈등을 하지 않을 수 없었다.

지난 4개월간 나는 굉장히 많은 성장을 이루었다.

ㅡ정령술(메인스킬): 정령을 소환하여 대자연의 힘을 발휘합니다.

＊소환 가능한 정령: 실프, 카사

＊초급 4레벨: 소환 시간 2시간 45분

ㅡ운동신경(합성스킬): 몸을 움직이는 요령이 향상됩니다.

＊초급 5레벨

ㅡ체력보정(보조스킬): 체력을 비약적으로 강화합니다.

＊중급 2레벨: 성인 엘프 여성 수준의 체력을 얻습니다.

봐라. 이 엄청난 성장을.

물론 4개월간 무던히 노력한 결과였지만, 카르마를 쓰지 않고도 이런 스킬 성장을 이뤘다는 면에서 크나큰 이득이었다.

'좀 더 오래 버텨 보자.'

나도 시험을 빨리 클리어하고 집에 가고 싶다. 가족들도 보고 싶고 민정도 보고 싶다.

요즘은 밤마다 딴생각이 들어서 운동으로 승화시키고 있단 말이다!

하지만 이런 기회를 놓칠 수가 없다.

목숨을 위협받을 걱정 없이 내 힘을 성장시킬 수 있는 이런 좋은 기회를 어찌 그냥 흘려보낼 수 있을까?

나는 고민 끝에 어머니들에게 내 생각을 밝혔다.

"이러는 건 어떨까요?"

"……?"

"아시다시피 전 생명의 불꽃을 하루에 2개씩 만들 수 있습니다. 이제 생명의 나무는 많이 회복됐으니 하루에 하나씩만 투여하고, 다른 하나는 다른 데 쓰는 겁니다."

"다른 나무라면, 생명의 나무가 될 자질을 가진 어린 나무들 말이구나."

"그렇습니다. 이 생명의 나무가 살아난 상태에서 생명의 나무가 또 하나 더 탄생한다면, 엘프에게 큰 도움이 되지 않겠습니까?"

"그야 물론이지!"

"갈색산맥에 생명의 나무가 두 그루가 되면 그땐 우리 엘프의 번영이 시작될 거예요."

"다른 지역에서 고생하는 엘프들이 찾아오겠네요."

"갈색산맥이 엘프들의 낙원이 될 거야!"

"그렇게 해요!"

"생명의 나무 두 그루를 만들어보는 거예요!"

"그렇게만 된다면 아무것도 걱정할 필요가 없어져요."

어머니들의 반응이 뜨겁다.

"생명의 나무가 두 그루가 되는 게 그렇게 큰 이득입니까?"

"그렇다. 생명의 나무는 우리 엘프의 힘의 근간이라고 할 수 있지. 대자연의 기운이 풍부한 곳일수록 우리는 강해진단다."

"그렇다면 제 말대로 해보는 게 어떨까요?"

"그래준다면 우리야 고마울 따름이지."

그렇게 생명의 불꽃 한 개는 다른 나무를 키우는 데 쓰기로 했다.

"네가 킴이냐."

중년의 엘프 부부가 찾아왔다.

얼굴에 주름이 있는 엘프 남성은 미중년이라 불릴 만한 중후한 외모를 갖고 있었다. 지구였다면 뿅 갈 여자가 한둘이 아니었을 터였다.

"데릭이라 한다."

미중년 엘프 데릭은 실제로는 이 마을 최고의 연장자였다.

"호호, 킴은 우리 그이를 처음 보지?"

그랬다.

바로 연장자 어머니의 남편이었다.

엘프 남자들 중에서 짱 먹는 분이라면 이해하기 쉽겠다.

"얼굴을 안 비춰서 미안하군. 인간과 마주하기가 껄끄러워서 그동안 피했던 게 사실이다."

"인간과 안 좋은 기억이 있으셨나 봐요?"

"대대적인 침공이었지. 싸워 이기긴 했어도, 상처뿐인 승리였어. 뭐, 이젠 240년도 더 된 얘기지만."

"아이 참, 이제 그만 잊어버리라니까요."

연장자 어머니는 놀라우리만치 목소리가 부드러워졌다.

역시 자기 남편을 대할 땐 카리스마 대신 애교가 생겨나는구나.

멋지게 나이 든 부부의 정다운 모습을 보니 부러운 마음이 한 가득이었다. 나도 민정이랑……

데릭은 손을 뻗었다.

"우리의 은인이고 가족이니 이제 그런 껄끄러운 감정은 잊어버려야지."

"감사합니다."

나는 데릭과 악수를 했다. 그의 손은 굳은살이 가득했다. 전사의 손이었다. 정말 포스가 대단한 사내다.

'나도 저렇게 되고 싶다.'

난 이 미중년 카리스마 엘프 데릭에게서 남자의 로망을 느졌다.

"앞으로 생명의 불꽃은 내가 매일 아침 가지러 올 거다. 그걸로 갈색산맥 남서쪽에 있는 소나무의 성장을 촉진시킬 거다."

"남서쪽이요?"

"5km쯤 떨어진 거리다."

5km라는 말에 나는 깜짝 놀랐다. 이런 험한 산맥에서 5km는 대단히 먼 거리였다. 그 거리를 매일 왕복하겠다니?

"지금껏 늘 그렇게 해오신 건가요?"

"우리의 미래가 될지도 모르는 소중한 나무니까."

"당신이 고생해 줘서 우리가 너무 든든해요."

연장자 어머니가 남편의 곁에서 애교를 부린다. 데릭은 그런 그녀의 머리를 슥슥 쓰다듬어준다.

크윽, 멋지다.

남자 중의 남자다!

나는 데릭의 카리스마에 반해 버렸다.

"실례지만 저도 아침마다 함께 동행할 수 있을까요?"

"인간에게는 먼 거리일 텐데?"

"아침에는 달리 할 일이 없어서요. 운동도 되고요."

"상관없다. 너무 발목 잡지 않게 노력해야 할 거다."

"예!"

데릭은 내 어깨를 툭툭 치고는 볼일을 보러 떠났다.

'크윽, 멋있어!'

데릭을 배웅한 연장자 어머니는 내게 돌아와 우쭐했다.

"우리 그이 멋지지?"

"네, 완전 반할 것 같습니다."

내 말을 오해했는지, 연장자 어머니는 나를 경계 어린 눈빛으로 바라보기 시작했다.

*　　　*　　　*

오전은 데릭과 함께 5㎞ 거리를 왕복.

오후는 젊은 엘프들과 술래잡기 훈련.

내 일과는 그렇게 자리 잡았다.

"더 빨리."

앞서 달리며 데릭이 말했다.

나는 이를 악물고 스피드를 끌어 올렸다. 간신히 그의 보조를 맞춰서 도착했을 때는 가쁜 숨을 몰아쉬어야 했다.

"이 녀석이다."

데릭은 자상한 눈길로 눈앞의 소나무를 바라보았다.

아직 어린 생명의 나무라고 해서 작은 묘목을 상상했었다.

그런데 실제로 보니 이건…….

'우리나라였으면 어딜 가나 신목 대접을 받겠네.'

길이만 족히 30m는 넘길 듯했다.

생명의 나무가 거대한 탑이라면, 이건 거대한 기둥을 연상케 했다.

"우리가 지켜야 할 세 번째로 소중한 것이지."

"첫 번째와 두 번째는 뭐죠?"

"두 번째는 마을의 생명의 나무, 첫 번째는 우리 마을의 아이들."

"아……."

바, 반할 것 같다!

나는 중후한 데릭의 얼굴을 넋을 잃고 쳐다보았다. 이런 내 모습을 연장자 어머니가 봤으면 극히 경계했으리라.

"어서 볼일을 보고 가라. 이곳은 위험하니까."

"위험해요?"

"이 방면으로 괴물들이 자주 침공해 온다."

"……."

"북쪽의 인간과 동쪽의 라이칸스로프들이 요즘 시끄럽다지? 하지만 거긴 젊은 아이들로 충분해. 정말로 위험한 곳은 여기니까."

"어떤 괴물들이 이곳에 나타나죠?"

"언데드."

"네?"

"죽은 자를 억지로 살려내어 죽지도 살지도 않은 괴물로 만든 것이다."

"그, 그런 게 존재하나요?"

"인간인 네가 모른다니 이상한 일이군."

데릭은 도리어 무슨 소리를 하냐는 듯이 날 보며 말을 이었다.

"그런 짓을 하는 건 흑마법을 익힌 인간뿐이다. 240여 년 전의 침공도 그랬고, 내가 인간을 도무지 좋아할 수 없는 이유지."

"······."

"물론 넌 예외다."

데릭이 내 등을 툭 쳤다. 난 감동을 느꼈다. 역시 반할 것 같아!

아무튼 좀비영화에서나 봤던 그런 괴물이 정말로 있을 줄은 몰랐다.

"그럼 언데드들은 죽여도 죽지 않나요?"

"설마."

데릭이 말했다.

"흑마정을 노리면 된다."

흑마정?

그러고 보니 이곳 아레나에서는 괴물이나 인간이나 마나가 응집된 마정이 몸속에 있다고 했다.

언데드들의 흑마정이 그 마정과 비슷한 역할을 하는 모양이었다.

"흑마력으로 인위적으로 마정을 만들어 죽은 시체를 살아 움직이게 하는 거다. 그것만 부수면 된다. 보통은 머리에 있지."

데릭은 내 등을 쳤다.

"가라. 놈들은 밤낮을 가리지 않고 나타난다."

내가 말했다.

"저도 싸우고 싶습니다."

"안 된다."

데릭은 곧바로 잘라 말했다.

"넌 우리에게 소중한 사람이다. 위험한 일은 우리에게 맡기면 돼."

"무모한 짓을 하지 않겠습니다. 제가 얼마나 강해졌는지 확인해 보고 싶어요."

"여긴 확인하는 곳이 아니야."

그동안 생명의 나무 위에서 술래잡기를 하며 올린 스킬 레벨.

그리고 총기제작자 닐슨 아슬란에게 받은 권총 두 자루.

난 지난 회차와 비교했을 때 얼마나 더 강해졌는지 실전을 통해 확인해 보고 싶었다.

"한번 돌멩이를 던져보시겠어요?"

난 돌멩이를 주워 데릭에게 건네주었다.

"어디로?"

"아무데나요."

그러면서 나는 닐슨 H2를 한 정만 소환해 오른손에 쥐었다.

내 권총을 의아하게 쳐다본 데릭은 시키는 대로 돌멩이를 앞을 향해 던졌다.

던져진 즉시, 나는 권총을 발사했다.

타앙― 빠각!

돌멩이가 채 멀리 날아가기도 전에 산산조각이 났다.

10m 이내에서 명중률 100%를 발휘하는 사격 스킬이 효과를 발한 순간이었다.

데릭의 두 눈이 휘둥그레졌다.

"어떻게 한 거냐?"

"쏴 맞췄죠."

"그건 무슨 무기지?"

데릭은 내 닐슨 H2에 관심을 보였다.

"총이라는 무기입니다. 작은 탄환이 날아가 목표물을 적중시키죠."

"무언가 날아가는 것이 언뜻 보인 것 같긴 했다. 헛것을 본 줄 알았더니 아니었군."

아니, 이 양반 지금 날아가는 총알을 봤다고?

오히려 내가 더 경악할 일이었다.

음속보다 빠르게 날아가는 총알을 순간적으로 본 것만으로도 괴물 같은 동체시력이었다.

"요즘 인간들은 그런 무기를 쓰나?"

"아뇨. 저만 가지고 있는 무기입니다. 이걸 만들 수 있는 인간은 딱 한 사람밖에 없거든요."

"다행이군. 인간들이 다들 그런 무기를 쓴다면 우리에게 너무 위협적이야."

"그런 걱정은 안 하셔도 될 것 같아요. 그런데 어때요? 이만하며 저도 싸움에 끼어도 되지 않을까요?"

"흐음⋯⋯."

"위험해지면 곧장 몸을 빼서 달아나겠습니다."

"그럼 좋다. 대신 조건이 있다."

"뭐죠?"

"내 곁에서 한 시도 떨어지지 마라."

"헉!"

"음? 왜 그러지?"

"아, 아닙니다. 말씀대로 할게요."

그 중후한 카리스마를 그만 좀 풍기세요. 반할 것 같다고요!

이러다가는 정말로 연장자 어머니의 연적이 될 것 같다.

오늘은 이만 돌아가 보라는 데릭의 권유로 나는 마을로 돌아왔다.

오후에 술래잡기 훈련을 하면서 나는 이 사실을 제이크에게 자랑했다.

"데릭 아저씨와?!"

"응."

"그럴 수가!"

"왜 그래?"

"데릭 아저씨는 우리들의 영웅이야! 누구나 데릭 아저씨와 함께 싸우고 싶어 한단 말이다!"

제이크는 불같이 질투했다.

아, 연장자 어머니의 연적이 이 마을에 한둘이 아니었구나. 데릭은 정말 마성의 남자다.

"우리도 남서쪽 방면에서 아저씨들과 함께 언데드와 싸우고 싶어. 아저씨들이 안 된다고 해서 안전한 북동쪽만 맡고 있는 거지."

"위험하니까 걱정하시는 거지."

"그 위험한 곳에 왜 너는 데려간단 말이냐!"

"맞아!"

"우리를 차별하는 거냐!"

엥?

어느새 내 주위에 남성 엘프들이 모여 있었다.

"항의를 해야 하는 거 아냐?"

"우리가 킴보다 약하다고 생각하시는 건 아니겠지?"

"설마!"

서, 설마 괜히 나 때문에 엘프 마을에 불화가 생기는 건 아니겠지?

그렇게 긴장하고 있을 때였다.

"아, 그리고 네가 술래다, 킴."

한 녀석이 내 등을 툭 쳤다.

남자들이 쏜살같이 뿔뿔이 흩어졌다. 내 얼굴이 형편없이 일그러졌다.

그날 저녁, 데릭을 비롯한 나이 든 엘프들이 돌아왔을 때, 젊은 남성 엘프들이 우르르 모여들었다.

"뭐냐."

데릭의 얼굴에 의아함이 어렸다.

"아저씨, 우리도 언데드와 싸울 수 있습니다."

"왜 우리에게는 허락하지 않으시면서 킴에게는 허락하셨습니까?"

"우리도 자신 있다고요!"

여성 엘프들과 어머니들도 무슨 일인가 싶어서 이쪽으로 모여들었다.

모두의 주목을 받은 채 데릭은 입을 열었다.

"킴에게 우리와 싸우는 걸 허락한 이유는 훈련의 일환이기 때문이다. 내 보호를 받으면서 실전 감각을 기를 거다."

데릭은 젊은 남성 엘프들을 쭉 둘러보며 말을 이었다.

"너희는 어떠냐. 너희도 내 보호를 받아야 하나? 내 생각에 너희는 믿을 수 있는 어엿한 전사들인데."

"……."

"……."

젊은 남성 엘프들은 꿀 먹은 벙어리가 되었다.

"이제껏 그래왔듯 북동쪽을 부탁한다, 전사들."

그러면서 데릭은 유유히 젊은이들의 가로질러 지나쳤다.

숙연해진 젊은 남성 엘프들은 뿔뿔이 흩어졌고, 나는 감동에 젖었다. 왜 이렇게 멋있는 겁니까, 데릭 씨!

*　　　　*　　　　*

다음 날부터 나는 데릭과 함께 움직였다.

일단은 마을의 생명의 나무에 불꽃을 불어넣고, 데릭과 함께 도착한 소나무에 또 불꽃을 넣었다.

"이제부터는 조심해야 할 거다."

"네."

나는 쌍권총을 소환하고 데릭과 함께 움직였다.

남서쪽으로 계속 이동했다.

그리고 웬 절벽에 이르렀을 때, 다른 엘프들을 볼 수 있었다.

"왔나, 데릭?"

"아아."

겉보기에는 중년쯤으로 보이는 엘프들이 알은체를 해왔다. 실제로는 200살이 넘긴 분들이겠지.

나이 든 남성 엘프 16명이 절벽 위에 포진해 있었다.

"시작했나?"

데릭이 물었다.

"그래, 오늘도 질리지도 않고 기어올라오는군."

그 말에 나는 절벽 아래를 내려다보았다.

'헉!'

공포영화의 한 장면과도 같았다.

군데군데 부패한 시체들이 낭떠러지를 악착같이 기어올라오고 있었다.

인간의 시체였다.

"크르륵!"

"크으으으!"

"으아아아!"

괴성을 지르는 좀비들.

무언가를 깊이 갈구하듯이, 좀비들은 낭떠러지를 기어올라 이곳을 향하고 있었다.

"언데드들은 죽지도 살지도 못한 존재들이다. 흑마정을 얻어 살아 움직이지만 생명은 없지."

나에게 다가온 데릭이 설명했다.

"굶주린 자가 먹을 것을 찾듯이 놈들은 자신들에게 없는 생명을 탐한다. 생명을 가진 모든 것을 질투하고 탐한다."

그 말에 나는 머릿속에 무언가가 떠올랐다.

"생명의 나무!"

"그렇다. 놈들은 본능적으로 가장 풍부한 생명력을 가진 존재를 찾아 온 거야."

"……."

"그럼 시작하지."

데릭은 활을 들고 화살을 꺼내 시위에 먹였다.

다른 엘프들도 똑같이 활로 좀비들을 쏘기 시작했다.

쉬쉬쉭—

화살이 날아들어 좀비를 한 마리씩 맞추었다. 머리에 적중당한 좀비는 뒤따라 기어오르던 다른 좀비와 함께 우수수 추락했다.

나도 가만히 있을 수는 없지.

일단 쌍권총은 집어넣고, 모신나강을 소환했다.

"실프."

—냥?

"저놈들 쏴."

고개를 끄덕인 실프는 모신나강을 들고 조준을 했다. 내가 건네주는 총알을 받아 장전하며 사격을 시작했다.

타앙, 탕! 탕, 타앙!

"크에엑!"

"크아아!"

발사될 때마다 우수수 추락하는 좀비들.

"신기한 무기를 쓰는군."

"저게 그 총이란 거야?"

"정말 무서운 무기인데."

"저 인간밖에 갖고 있지 않은 무기라니 다행이지."

함께 활을 쏘던 엘프들은 잠시 나와 실프에게 관심을 가졌지만 이내 다시 싸움에 집중했다.

근데 이건 좀 쉬운데?

그냥 좀비들이 올라오기 전에 쏴서 떨어뜨리면 되는 거잖아?

……라고 생각했는데 내 건방진 생각이었다.

데릭은 활을 다시 등에 걸며 말했다.

"슬슬 본격적으로 시작해야겠군."

"네? 뭘요?"

"놈들이 몇 명인 줄 알고 화살만 쏘겠나? 계속 이러면 화살만 고갈된다."

"그럼……?"

"보면 안다."

허리춤의 검집에서 두 자루의 검을 뽑아 들었다.

아주 가볍고 가느다란 검이었다.

그걸 양손에 쥔 데릭은…….

"으왓?!"

난 기겁을 했다. 데릭이 절벽 아래로 뛰어내렸기 때문이다!

똑바로 아래로 추락하면서 빙글빙글 회전하는 데릭.

함께 회전하는 두 개의 칼날이 회오리처럼 몰아치며 낭떠러지에 매달린 좀비들을 휘갈겼다.

촤좌좌좌촥!

우수수 십여 마리의 좀비를 단숨에 썰어버린 데릭은 검 하나를 절벽에 박아 매달렸다.

그리고는 뽑은 동시에 돌출된 바위를 디디며 오르기 시작했다.

양손으로는 무섭게 칼부림을 하며 두 발만으로 낭떠러지를 올라오는 데릭의 묘기!

촤촤촤악!

"크악!"

"아아아!"

"크륵!"

'데, 데릭 님!'

그는 검술마저도 남자의 로망이었던 것이다!

"휴우, 저건 도무지 흉내 내지 못하겠단 말이야."

"쌍수검으로 낭떠러지에서 싸우는 건 데릭밖에 못하지."

"우리도 시작하자고."

엘프들이 하나둘 검을 뽑았다. 데릭과 달리 다들 한 자루씩만 꺼냈다.

그리고 일제히 뛰어내린다.

촤촤촤촤악―

촤촤악!

"크르륵!"

"크아아아!"

"아으으으!"

엘프들의 일격에 좀비들이 우르르 추락했다.

그들은 한 손으로 매달려서 다른 손의 검으로 잡초 뽑듯이 좀비들을 베어나갔다.

―냐앙.

나는 실프와 함께 덩그러니 절벽 위에 남아 그 모습을 멍하니 내려다볼 뿐이었다.

"나, 나도 자존심이 있지."

―냥?

"예전의 내가 아니야. 운동신경이 초급 5레벨이라고."

―냐앙……

무리하지 말라는 표정의 실프.

그러나 나는 쌍권총을 꺼내 들었다. 좋아, 목표는 데릭처럼
하기다.

그런데 그런 내 기색을 눈치챘는지 아래쪽에서 싸우던 데릭
이 외쳤다.

"킴, 너는 실프와 함께 와라!"

"⋯⋯네."

첫.

나는 모신나강을 소환해제하고 실프에게 말했다.

"내가 균형을 잃고 추락할 것 같으면 받아줘."

—냥.

고개를 끄덕이는 실프.

일단은 권총은 하나만 쓰기로 했다. 나는 다른 손으로 바위
틈새를 잡으며 낭떠러지로 내려가기 시작했다.

파앗, 팟!

가볍게 잡고 매달릴 만한 지점을 옮기며 절벽을 탔다.

생명의 나무 위에서 술래잡기를 한 보람이 있었다. 그 놀이
가 이렇게 제대로 맞춤 훈련이 될 줄이야!

가까워진 좀비에게 권총을 겨누고 방아쇠를 당겼다.

타앙!

"크아!"

머리통이 터지며 좀비가 추락했다. 뒤따라오던 다른 좀비와
함께 뒤얽혀 떨어지는 걸 보니 짜릿한 희열이 느껴졌다. 원 샷

투 킬이다!

"잘하는군."

어느 새 옆에 온 데릭이 칭찬했다.

아, 뿌듯하다.

엄마한테 칭찬받은 어린아이처럼 들뜬 나는 더 열심히 싸웠다.

권총만 쓰는 게 아니었다.

발로 차고 손으로 발목을 잡아당기면서 좀비들을 떨어뜨리는 데 주력했다.

술래잡기 할 때 손만 쓰는 게 아니었다. 오히려 두 손으로 나뭇가지에 매달린 채 발로 상대를 터치하는 일이 더 많았다.

그 효과가 지금 톡톡히 나타나고 있었다.

'한번 해볼까?'

나는 권총 하나를 더 소환해 다른 손에 들었다.

한번 심호흡을 하고는 두 발로 낭떠러지를 질주하기 시작했다.

"으라차!"

마치 와이어 액션을 하듯이 절벽을 달려 내려가며 나는 쌍권총을 마구 난사했다.

타타타탕!

아무렇게나 난사하는 것 같았지만 사격 스킬에 의한 감각으로 나는 좀비 네 마리를 정확하게 적중시켰다.

4발을 연사한 나는 결국 균형을 잃고 추락했고, 실프가 나를 받아주었다.

"오케이, 땡큐."

─냥.

나는 다시 안정적으로 절벽에 매달렸다.

"잘하는군. 그렇게 계속 연습하면 나처럼 할 수 있겠어."

칭찬과 함께, 이번엔 데릭의 질주가 시작했다.

절벽 위를 달리면서 마친 듯이 양손으로 칼부림을 한 데릭.

칼을 휘두를 때마다 몸의 균형에 영향이 갈 텐데, 어떻게 저러면서 절벽 위를 질주할 수 있는지 불가사의했다.

데릭은 왼손의 검을 절벽에 박아넣어 몸을 지탱한 뒤, 오른손의 검을 마구 휘둘러 주변의 좀비 다섯 마리를 떨어뜨렸다.

'나도 언젠간 저렇게 되어야지.'

실프의 도움을 받지 않아도 낭떠러지를 평지처럼 마음대로 누빌 날이 올 것이다.

나는 여러 가지 전투 방식을 시도해 보았다.

쌍권총은 쏘는 손맛이 좋았지만, 아무래도 총알이 좀 아까웠다.

가장 좋은 것은 바로 바람의 가호였다.

두 발을 힘껏 차서 바람을 일으켜 좀비들을 우수수 밀어버리는 싸움법이 효과가 탁월했다.

바람의 가호가 적용되는 15분간, 나는 양손으로 절벽을 잡고 누비면서 양발로 발차기를 퍼부었다.

파앗!

"크아아아!"

파파팟!

"크르륵!"

"끄흐!"

발차기에서 뿜어져 나오는 풍압에 좀비들이 추락했다.

다 같이 좀비들을 천 마리 가까이 잡은 것 같았다.

싸움이 끝나고 휴식을 취하면서 엘프들이 나를 칭찬했다.

"제법이더군."

"절벽에서 균형을 잘 잡던데, 인간 같지가 않았어."

"평지에서 발을 제대로 딛고 서지 않으면 인간은 힘을 쓰지 못하는데, 킴은 다르군."

나는 술래잡기의 효과라고 대답했고, 데릭이 고개를 끄덕였다.

"그렇군. 요즘 다들 그걸 열심히 하던데, 젊은 애들한테도 기회를 줘보는 것도 나쁘지 않겠어."

제이크가 들으면 기뻐할 만한 소식이었다.

* * *

오전은 데릭 일행과 함께 좀비들과 싸우고, 오후는 생명의 나무 위에서 보냈다.

생명의 나무에 붙어 있는 시간도 실전 못잖게 소중했다.

생명의 나무에 있어야 정령술이 성장하기 때문이다.

아주 유익한 시간이었다.

스킬 레벨이 쭉쭉 올랐으니 말이다.

안심하고 발을 디딜 곳에 없는 절벽에서 싸워야 한다는 것은 굉장한 운동신경을 필요로 했다.

또한 체력소모도 굉장했다.

육체가 인체 한계를 초월한 이후로 더는 체력이 달리는 일이 없을 줄 알았는데, 아니었다.

아직 남성 엘프들에 비하면 많이 부족했다.

그런 나날을 계속 보냈다.

생명의 나무가 거의 회복되자 나는 다시 생명의 불꽃 배분을 바꿨다.

"생명의 나무에는 이틀에 하나씩만 쓰겠습니다. 이틀에 3개는 작은 나무를 키우는 데 쓰죠."

"그렇게 하렴."

성장할 수 있는 이 좋은 기회를 최대한 오랫동안 누려야 했다.

때문에 나는 일부러 시험 클리어를 미루는 선택을 했다.

그 덕에 생명의 나무의 자질을 가지고 있었던 소나무가 쭉쭉 자랐다.

아직 생명의 나무에 비해 크기가 매우 작은 소나무는 생명의 불꽃을 듬뿍듬뿍 받자 성장 속도가 눈에 띌 정도였다.

그렇게 시간은 흐르고 흘러서 12개월째에 접어들었다.

이제 생명의 나무는 사흘에 1개씩만 불꽃을 주고, 나머지는 전부 소나무에 쏟고 있었다.

　어서 지구로 돌아가고 싶다는 생각이 굴뚝같았지만 꾹꾹 참
았다.

　"이제 됐어."

　데릭이 소나무를 보며 몹시 만족스러워했다.

　"이제 자질만 가진 게 아니라 확실하게 생명의 나무로 자랄
수 있게 됐어."

　"그게 무슨 뜻이죠?"

　"자질을 가졌다고 누구나 다 그 자질을 활용하지는 못한다.
자기 자질을 깨닫지 못하는 사람이 더 많지. 인간이든 엘프
든."

　"그야 그렇죠."

　"하지만 이 나무는 이제 자기 자질을 깨달았어. 확실하게 생
명의 나무가 되기 위한 길로 성장 방향을 잡았어."

　"그럼……?"

　"이대로 놔둬도 생명의 나무가 될 거다. 아니, 이미 생명의
나무가 되었다고 해야겠군. 자라는 건 시간문제니까."

　"잘됐네요!"

　"네 덕이다. 네가 풍부한 생명력을 준 덕에 나무가 힘을 얻
어서 이제 스스로 대자연의 기운을 만들어내게 됐어."

　"별말씀을요."

　데릭의 칭찬에 나는 뿌듯해졌다.

　"보면 볼수록 넌 놀라운 인간이군. 이 나무뿐만이 아니라 너

역시도 그 짧은 사이에 무섭게 성장하지 않았느냐. 이제 웬만한 젊은 녀석들과 비교해도 부족하지 않으니까.”

“헤헤.”

벌써 12개월째였다.

그동안 나는 하루도 게으름을 피우지 않고 노력했다.

정령술은 초급 6레벨이 되었고, 소환 시간은 3시간 15분으로 늘어났다.

운동신경은 중급 1레벨을 달성했다. 초급 5레벨에서 중급으로 넘어가자 효과가 전혀 딴판이었다.

ー운동신경(합성스킬): 몸을 움직이는 요령이 향상됩니다.

＊중급 1레벨: 몸을 쓰는 모든 일에 천재적인 오성을 발휘합니다.

새롭게 붙은 부연설명을 보라! 천재적인 오성이란다.

그전까지 그냥 요령이 좋은 정도였다면 이젠 천재적인 수준이 된 것이다.

덕분에 나는 싸우면서 때때로 엘프들의 감탄을 살 만한 멋진 움직임도 선보이게 되었다.

게다가 체력은 또 어떤가!

ー체력보정(보조스킬): 체력을 비약적으로 강화합니다.

＊중급 3레벨: 성인 엘프 남성 수준의 체력을 얻습니다.

드디어 성인 남성 엘프들과 동등한 육체가 되었다.

'정말 엄청난 성장을 했구나.'

이만큼 성장하고 나니 이제는 성장이 더뎌졌다.

절벽 위에서 좀비들과 싸우는 일도, 엘프들과의 술래잡기도 힘들다는 느낌이 들지 않았기 때문이다.

물론 계속 격렬하게 움직이면 체력이 고갈되긴 하지만 기술적으로 아직 부족하다는 느낌은 들지 않았다. 정령술도 초급 6레벨에서 정체된 지가 3개월이 흘렀고 말이다.

'이제 시험을 클리어하고 돌아가자.'

그렇게 결심한 나는 다시 어머니들에게 뜻을 밝혔다.

"이제 생명의 나무를 마저 회복시키겠습니다."

"그러려무나."

어머니들은 생명의 나무와 관련된 일은 나에게 위임한 상황이었다.

며칠간 나는 생명의 불꽃을 전부 마을에 있는 생명의 나무에 퍼부었다.

그렇게 닷새가 지났을 때였다.

파앗!

눈앞에 시험의 문이 나타났다.

'끝났구나.'

나는 생명의 나무에 살짝 입을 맞췄다.

'고맙다. 날 성장시켜 줘서.'

나는 시험의 문을 열고 나아갔다.

＊　　　＊　　　＊

뿌우— 뿌우— 뿌우—

"환영! 환영! 축 개선!"

"아, 시끄러."

내가 시끄럽다고 하니 아기 천사는 나팔을 더 요란하게 불 어댔다.

권총을 꺼내 한 발 쏘자 비로소 멈췄다. 쳇, 명중률 100%인 거리인데 저놈은 어떻게 피했지?

"진짜 죽일 생각이었어요?"

"10m 이내인데 어째서 안 맞는 거냐."

"거룩한 천사니까요."

"그 번데기로 거룩하다는 소리가 나오냐?"

"자자, 그 얘긴 됐고 시험 결과가 궁금하진 않으세요?"

"궁금하지. 석판 소환."

―성명(Name): 김현호

―클래스(Class): 16

―카르마(Karma): +3,600

―시험(Mission): 다음 시험까지 휴식을 취하라.

―제한 시간(Time limit): 60일

"우와!"

나도 모르게 감탄이 터져 나왔다.

"요즘 활약이 너무 미치신 거 아닌가요?"

"잠깐 내 클래스가 전에는 10 아니었어? 어떻게 6계단이나 점프한 거야?"

"시험 성적이랑 요번에 성장하신 부분까지 감안된 거예요."

12개월간 스킬을 올린 게 클래스에 적용된 모양이었다.

게다가 3,600카르마라니!

이게 꿈인가 싶었다.

"시험 하나로 3,600카르마나 받다니, 이게 정상이야?"

"5회차 결과로는 터무니없는 비정상이죠. 시험자 김현호가 그만한 역할을 했다는 뜻이에요."

"하하하……."

그건 그랬다.

엘프들에게 아주 소중한 생명의 나무를 회복시킨 것만으로도 큰 역할이었다.

그런데 다른 나무마저 생명의 나무로 자라게 만들었다.

생명의 나무 두 그루!

그 공로가 카르마에 적용된 것이었다.

"시험이 길었던 점을 충분히 감안해서 휴식 기간을 드렸어요. 푹 쉬도록 하세요."

"오냐."

60일이나 되는 휴식 기간.

현실로 돌아가면 민정이랑 꼭 붙어서 지낼 생각이다.

지난 12개월간 얼마나 외로웠던지!

"자, 빨리빨리 돌아가세요. 외로운 남자는 꼴불견이에요."

"닥쳐."

나는 아기 천사가 만들어준 시험의 문을 지나갔다.

*   *   *

눈을 뜨니 어김없이 오전 11시였다.

'카르마 보상부터 받자.'

3,600카르마나 받은 터라 나는 잔뜩 들떴다.

석판을 소환해 놓고 명령을 했다.

"내 스킬을 전부 보여줘."

그러자 석판에 내가 지금껏 습득한 스킬들이 주르륵 나타났다.

─시험자 김현호가 습득한 모든 스킬을 보여드립니다.

─메인스킬: 정령술(초급 6레벨).

─보조스킬: 체력보정(중급 3레벨), 길잡이(초급 1레벨), 순간이동(초급 1레벨).

─특수스킬: 스킬합성.

─합성스킬: 바람의 가호(초급 1레벨), 불꽃의 가호(초급 1레벨), 운

동신경(중급 1레벨), 생명의 불꽃(중급 1레벨), 투과(초급 1레벨), 가공
간(초급 1레벨), 사격(초급 1레벨).

　—잔여 카르마: +3,600

보면 볼수록 뿌듯한 성취감을 느꼈다.

이제 겨우 5회차에 나만큼 한 시험자는 없을 것이다.

'체력보정부터 올려볼까?'

일단은 석판에 물어보기로 했다.

"체력보정을 상급 1레벨까지 올리려면 카르마가 얼마나 필
요하지?"

　—체력보정(보조스킬)을 상급 1레벨로 올리는데 필요한 카르마를
보여드립니다.

　—체력보정(보조스킬): 체력을 비약적으로 강화합니다.

　＊중급 5레벨: 엘프의 한계 수준의 체력을 얻습니다.

　—중급 5레벨까지 1,500카르마가 소모됩니다.

　—오러 컨트롤을 익히지 않은 시험자는 체력보정을 상급까지 올
릴 수 없습니다.

　—잔여 카르마: +3,600

'어?'

상급은 불가능하다는 설명에 나는 깜짝 놀랐다.

보조스킬도 메인스킬의 영향을 받는 모양이었다.

"그럼 운동신경도?"

그러자 석판의 모양이 바뀌었다.

ㅡ운동신경(합성스킬): 몸을 움직이는 요령이 향상됩니다.

＊상급 1레벨: 몸을 쓰는 모든 일을 달인의 수준으로 발휘합니다.

ㅡ상급 1레벨까지 올리는 데 3,600카르마가 소모됩니다.

ㅡ잔여 카르마: +3,600

현재의 카르마를 전부 운동신경에 퍼부으면 상급 1레벨을 달성할 수 있다.

몸을 쓰는 일은 뭘 해도 달인이 될 정도라니. 상상이 가지 않는 수준이었다.

당장 춤을 보고 따라 춰도 곧장 달인이 된다는 뜻이 아닌가.

하지만 나는 고개를 저었다.

'카르마를 전부 쏟기에는 비효율적이야.'

실생활에 여러모로 유용해 보이긴 하지만, 중요한 것은 강해지는 거였다.

'일단은 체력보정을 끝까지 올리자.'

정령술과 소총과 쌍권총.

이런 공격수단을 가진 내가 체력보정을 우선시하는 이유는 간단했다.

가장 안전한 선택이기 때문이다.

우선 정령술은 메인스킬이라 3,600카르마를 전부 쏟아도 몇 레벨 올리지 못한다.

생명의 나무 덕에 레벨을 올린 나로서는 정령술에 카르마를 쓰는 게 비효율적이라 여겨졌다.

그리고 모신나강과 쌍권총.

어찌 보면 아주 좋은 무기다. 문명 수준이 지구보다 뒤처지는 아레나에서는 사기적인 공격 수단이다.

하지만 차지혜도 경고했다시피, 시험을 치르다 보면 나중에 갈수록 총이 통하지 않는 적을 만날 거라고 했다.

그런 위험을 전부 감안했을 때, 체력보정은 가장 안전한 선택이 된다.

일단 강한 체력을 가져서 손해 볼 것은 없기 때문이다.

"체력보정을 중급 5레벨까지 올리겠어."

―1,500카르마로 체력보정(보조스킬)을 중급 5레벨까지 올립니다.

―잔여 카르마: +2,100

파앗!

석판에서 빛이 쏟아져 내 몸에 깃들었다.

나는 육체가 보다 더 강해진 것을 느낄 수 있었다.

'이게 엘프의 한계 수준의 육체구나.'

초급 5레벨이 인간의 한계 수준이었다면, 중급 5레벨은 엘프의 한계 수준!

육체만 따지면 난 데릭과 동등하거나 보다 뛰어나게 된 셈이었다.

물론 그의 놀라운 테크닉과 카리스마는 따라갈 수 없지만. 아아, 데릭 님!

잠시 데릭에 대한 존경심에 빠져 있던 나는 정신을 차리고 계속 카르마 보상에 집중했다.

석판에게 이것저것 물어보고 곰곰이 생각한 끝에 내가 내린 결론은 이러했다.

─ㅁㅁ카르마로 바람의 가호(합성스킬)를 초급 5레벨까지 올립니다.

─바람의 가호(합성스킬): 신체를 통해 바람을 일으킵니다. 사용자의 집중력과 스킬 레벨, 정령술의 스킬 레벨의 영향을 받습니다.

＊초급 5레벨: 지속시간 35분. 쿨타임 3ㅁ분.

─6ㅁㅁ카르마로 가공간(합성스킬)을 초급 4레벨까지 올립니다.

─가공간(합성스킬): 가상의 공간을 만들어 물건을 수납합니다. '넣어' '꺼내' 명령어로 수납이 가능합니다.

＊초급 4레벨: 11ㅁ × 11ㅁ × 11ㅁ㎝

─잔여 카르마: +6ㅁㅁ

이것은 총기류를 쓰는 전부에 최적화한 선택이었다.

바람의 가호를 이용한 빠른 이동과 총알을 많이 보관할 공간!

아직 난 5회차에 불과했다.

나중에야 총이 통하지 않는 적을 만난다 해도, 아직은 아니다. 당장 적으로 맞닥뜨린 라이칸스로프나 언데드들이나 모두 총이 적합하다.

설사 나중을 생각하더라도 이 스킬들을 올려둬서 손해 볼게 없고 말이다.

남은 600카르마로 뭐 하지?

초급 1레벨짜리 보조스킬이나 합성스킬을 4레벨까지 올릴 수 있는 카르마였다.

불꽃의 가호?

'아냐. 당장 불꽃의 가호는 별로 쓸데가 없어.'

사격?

'이것도 아닌데. 명중률 100%는 10m 이내로 충분하고, 그 이상은 실프의 도움을 받으면 그만이니까.'

결국 난 이것을 선택했다.

—600카르마로 순간이동(보조스킬)을 초급 4레벨까지 올립니다.

—순간이동(보조스킬): 원하는 방향으로 공간을 도약할 수 있습니다. 이동 방향을 생각하며 '순간이동'이라고 말씀하세요.

*초급 4레벨: 거리 ㅁm, 쿨타임 5분

―잔여 카르마: ㅁ

초급 1레벨 때 이동거리는 1m, 쿨타임은 1시간이었다.

레벨이 올라도 이동할 수 있는 거리는 별로 늘지 않았지만 대신 쿨타임이 대폭 축소되었다.

'레벨을 좀 더 올리면 쿨타임 없이 연속으로 펼칠 수 있게 될 거야.'

만약 무제한으로 순간이동을 펼칠 수 있다면 그런 사기도 없다는 생각이 들었다.

『아레나, 이계사냥기』 4권에 계속…

미더라 장편 소설

FUSION FANTASTIC STORY

A Bittersweet Life

삶의 의욕을 모두 잃은 주혁.
어느 날 녹이 슨 금속 상자를 얻는데……

"분명 어제도 3월 6일이었는데?"

동전을 넣고 당기면 나온 숫자만큼 하루가 반복된다!

포기했던 배우의 꿈을 향해 다시금 시작된 발돋움.
눈앞에 펼쳐진 새로운 미래.

과연 그는 목표를 이루고
인생을 바꿀 수 있을 것인가!

Book Publishing CHUNGEORAM

유행이 아닌 자유추구 -
WWW.chungeoram.com

내일을 향해 쏴라

김형석 장편 소설

FUSION FANTASTIC STORY

1만 시간의 법칙!
'성공은 1만 시간의 노력이 만든다'는 뜻이다.

그러나…
사회복지학과 복학생 수.
전공 실습으로 나간 호스피스 병동에서
미지와 조우하다.

1만 시간의 법칙?
아니, 1분의 법칙!

전무후무한 능력이 수에게 강림하다!
맨주먹 하나로 시작한 수의
인생역전이 시작된다!

Book Publishing CHUNGEORAM

유행이 아닌 자유추구 -
WWW.chungeoram.com

데일리 히어로

FUSION FANTASTIC STORY

인기영 장편 소설

지금까지 이런 영웅은 없었다!

『데일리 히어로』

꿈과 이상을 가진 평.범.한. 고딩 유지웅.
하지만······
현실은 '빵 셔틀' 일 뿐.

그러던 어느 날, 유지웅의 앞에 나타난 고양이.
그(?)로 인해 모든 것이 바뀌었다.

선행! 선행! 그리고 또 선행!

데일리 히어로 유지웅의 선행 쌓기 프로젝트!

Book Publishing CHUNGEORAM

강준현 장편 소설

FUSION FANTASTIC STORY

개척자
Pioneer

『복수의 길』의 강준현 작가가 선보이는
2015년 특급 신작!

글로벌 기업의 총수, 준영.
갑자기 찾아온 몽유병과 알 수 없는 상황들.

"…누구냐, 넌?"
혼돈 속에서 순식간에 바뀐 그의 모든 일상.
조각 같던 몸도, 엄청난 돈도, 뛰어난 머리도 모두, 사라졌다!

스스로도 알 수 없는 낯선 대한민국의 밑바닥부터
다시 시작해야 하는 준영.

"젠장! 그래, 이렇게 산다!
대신 나중에 바꾸자고 하면 절대 안 바꿔!"

그는 과연 이 상황을 극복하고 자신의 운명을
새롭게 개척해 나갈 수 있을 것인가!

Book Publishing CHUNGEORAM

유행이 아닌 자유추구 -
WWW.chungeoram.com

글삶 장편 소설
FUSION FANTASTIC STORY

세상을 다 가져라

[세상을 다 가져라]

문피아 선호작 베스트 작품 전격 출간!
현대판타지, 그 상상력의 한계를 넘어서다!

권고사직을 당한 지 2년째의 백수 권혁준.

우연히 타게 된 괴상한 발명품으로 인해
과거로 회귀한다!

그런데
과거로 온 혁준의 손에 들려 있는 것은 바로
최신형 스마트폰!

"까짓 세상, 죄다 가져 버리겠다 이거야!"

백수였던 혁준의 짜릿한 인생 역전이 시작된다!

Book Publishing CHUNGEORAM

유행이 아닌 자유추구-
WWW.chungeoram.com

북검전기

2014년의 대미를 장식할, 작가 우각의 신작!

『십전제』, 『환영무인』, 『파멸왕』…
그리고,

『북검전기』

무협, 그 극한의 재미를 돌파했다.

북천문의 마지막 후예, 진무원.
무너진 하늘 아래 홀로 서고, 거친 바람 아래 몸을 숙였다.

살기 위해! 철저히 자신을 숨기고
약하기에! 잃을 수밖에 없었다.

심장이 두근거리는 강렬한 무(武)!
그 걷잡을 수 없는 마력이,
북검의 손 아래 펼쳐진다!

Book Publishing CHUNGEORAM

유행이 아닌 자유추구 -
WWW.chungeoram.com